평유

평유

심병길 소설집

도서출판 북인

아버지를 찾아나선 어린 술꾼의 일곱 가지 고백

중학생이었는지 고등학생이었는지 확실치 않다. 최인호의 「술꾼」을 읽었다. 놀라웠다. 흑백영화 같은, 단순하면서 슬프고 견고한 세상이 거기 있었다. 허물어지거나 낙오된 삶들이 단단히 제자리에 박혀 당당하게 자신의 인생을 감당하고 있는 곳. 그것이 내가 접한 소설의 세상이었다. 물론 그 이전에도 교과서에 실린 대표작 한국 소설들을 의무감에서 읽어왔지만, 문학적인 감동은 「술꾼」이 처음이었다. (그 후 김승옥의 「서울, 1964년 겨울」을 읽고 비슷한 느낌을 받았다.)

소설에서 "머리는 기계충의 상흔으로 벽보판처럼 지저분했고, 중국식 소매에서 삐져나온 작은 손은 때에 절어 잘 닦은 탄피처럼 번들거"리는 "지독히 못생긴" 소년이 늦은 밤 술집을 배회하며 아버지를 찾는다. 술집에 들를 때마다 소년은 술꾼들에게 술을 한잔씩 얻어 마신다. 아버지는 어느 곳에도 없고 소년 또한 그것을 알고 있다. 몇 군데를 거친 후 술에 취한 소년은 매서운 바람이 부는 언덕길을 태엽 풀린 인형처럼 오른다. 언덕 아래서는 차가운 먼지 섞인 바람이 불어오고, 소년은 내일은 틀림없이 아버지를 찾을 수 있을 것이라고 "단정"한다.

대학시절 초반기에 단편소설 세 편을 썼다. 왜 그런 비효율적이고 무모한 행동을 했는지 모르겠다. 그런데 문득 생각이 떠올랐다. 나는 아버지를 찾아나섰던 것이다. 어디에도 아버지는 없었지만, 나는 아마도 술집을 나와 바람 부는 언덕길을 오르며 언젠간 틀림없이 아버지를 찾을 수 있을 것이라 '단정'했을 것이다.

그 후 수십 년이 흘렀다. 그동안에도 나는, 이제는 얼굴도 까맣게 잊어버린, 생사도 명확지 않은, 아버지를 찾아 수십 곳의 술집을 헤매고 다녔을 것이다. 사람들을 만나고, 이런저런 모임을 갖고, 음악을 듣고, 그림을 그리고, 여행을 하고….

그러다 한 소년을 만났다. 늦은 밤 불 꺼진 창을 두드리던 지독히 못생긴 녀석이 나를 보고 씨익 웃었다. 소설 창작 수업에 등록하고 몇 해 동안 술집을 돌아다녔다. 아버지는 그곳에 없었지만 다정하게 공짜 술을 부어주는 이들이 있었다. 그렇게 술집을 돌아다니다보니 일곱 편의 소설이 만들어져 있었다.

나는 여전히 아버지를 찾지 못했다. 술집을 나서면 언제나 먼지 섞인 차가운 바람이 불어온다. 나는 때에 절은 작은 손을 소매 속에 웅크린 채 홀로 언덕길을 오른다. 언덕 위에서 아침이 오고 낮이 지나간다. 그렇게 하루가 저물면 나는 다시 언덕을 내려온다. 오늘은 틀림없이 아버지를 찾을 수 있으리란 술꾼 특유의 '안이한 낙관'에 나를 맡긴 채….

(참고, 따옴표 안은 최인호의 소설 「술꾼」에서 인용한 글이다.)

2023년 12월

심병길

Contents

발우생활정보신문 창업기

발우생활정보신문 창업기

"지역 생활정보신문이라고 우습게 보는 거냐?"

김 선배, 아니 김인호 사장에게서 전화가 왔다. 며칠 전 선배가 전화를 걸어 취재를 부탁한 적이 있었다. 그때 나는 취재를 부탁한 다람쥐도사보다 내가 고향에 내려온 걸 선배가 어떻게 알았는지가 더 궁금했다. 그런 게 뭐가 중요하냐? 내가 마침 취재를 못하게 될 급한 사정이 생겼고 네가 이렇게 발우면에 딱 내려와 있단 사실이 중요한 거지. 하하하. 호탕하게 웃으며 전화를 끊었지만 내게서 아무런 대답이 없자 이번에 걸려온 전화는 분위기가 사뭇 달랐다. 지역이란 말을 앞세워 동향 선배임을 은연중 강조했다. 김인호 사장은 내가 졸업한 대학 국문과 직속 선배이기도 했다. 순수한 문학청년이자 순진한 교회오빠였던 선배의 기억이 떠올라 순간 당혹스러웠다. 낌새를 느꼈는지 선배는 사람들이 인터넷으로 정보 검색을 하는 바람에 뜨문뜨문 있던 광고마저 다 끊겼다, 그나마 있던 독자라도 뺏기지 않으려면 흥미를 끌 만한 기사들을 올려야 했다, 그런데 마땅히 취재할 사람이 없어 급한 마음에 덜컥 부탁부터 했다라며 미안해했다.

"야 그나저나 권채윤. 오랜만에 칼국수나 먹으러 가자. 왜 옛날에 우리 자주 모이던 데 있잖니?"

젊었을 때가 생각났는지 선배 목소리가 갑자기 커졌다.

"종수도 불러야지. 이참에 우리 삼총사 완전체로 한번 모여보자고."

김 선배는 종수가 비번인 날로 약속을 잡겠다며 내게 의향을 물었다. 나야 뭐 노는 사람인데요. 내 말에 선배는 그래서 내가 부탁했던 게 아닌 건 알지? 하며 괜히 허둥댔다. "네가 바쁘다 해도 너한테 부탁했을 거야. 네 글은 내가 잘 알지." 선배가 내 글을 본 적이 있었나? 교회 주보를 만들 때 얘긴지 모르겠다. 내가 기사를 쓰면 종수가 거기에 맞게 사진을 올렸다. 김 선배는 재무담당 집사에게서 예산을 따왔고. 셋은 주일학교가 끝나면 저녁으로 칼국수를 먹으러 가곤 했다. 돈은 대부분 김 선배가 냈다. 회비라고 했지만 종수도 나도 회비를 낸 적은 없었다. 면사무소 뒤 커다란 은행나무 두 그루가 서 있는 공터에 칼국수집이 있었다. 입구에 들어서면 어떻게 알았는지 우리가 이모라 부르던 주인아주머니가 주방에서 얼굴을 내밀며 환하게 웃었다. 니들 왔니? 머리에 수건을 쓴 이모의 콧잔등에는 언제나 하얗게 밀가루가 묻어 있었다. 이모가 빚은 칼국수는 면이 졸깃한 것으로 유명했다. 우리는 면을 모두 건져 먹은 후, 지금은 잊어버린 어떤 구호를 외치며, 바닥이 보이도록 국물을 시원하게 들이켰다.

선배는 내가 고향집에 내려왔다는 사실을 종수에게 들었을 것이다. 발우면에서 내가 만난 사람은 종수밖에 없으니까.

강림군 발우鉢盂면. 둥글고 편평한 땅이 낮은 산들에 둘러싸여 스님들 공양 그릇인 발우처럼 생겼다 하여 지어진 이름이다. 탁발승들의 공력 덕분인지 이곳엔 무얼 심어도 잘 자랐다. 간이역이 있어서 한때는 하루에 대여섯 번씩 기차가 서기도 했다. 광장 건너편에는 크고 작은 가게들이 역을 바라보며 길게 늘어서 있었다. 그 중에 부모님이 하던 발우만물상회도 있었다.

가게 뒷문을 나와 마당을 건너면 안채가 나왔다. 맨드라미가 피어 있는 마당과 잠자리가 날아와 앉던 장독대. 실에 매달린 유치乳齒를 던져올리던 파란 기와지붕 위로 대추나무가 잔 그늘을 드리운 집. 그러나 지금은 텅 비어 있는 집. 그래서일까? 고향에 내려온 두 달 동안 나는 줄곧 낯선 행성에 불시착한 기분이었다. 간이역은 이름까지 바뀌어 있었다.

언젠가 시골 간이역의 역장을 주인공으로 한 〈행복한 역장〉이란 드라마가 인기를 끈 적이 있었다. 시그널 음악과 함께 시작하는 드라마의 첫 부분은 발우역을 배경으로 촬영되었다. 허름한 역사. 나무 벤치 두 개가 전부인 승강장. 선로 뒤 황량한 들판과 듬성듬성 심겨진 키 작은 소나무들. 사람들은 의외로 그런 풍경들에 신선한 정취를 느꼈다. 드라마 대부분이 경기도와 강원도의 경계에 위치한 한 폐역에서 촬영되었지만, 사람들은 역장 혼자서 발권과 검표를 하고, 선로에 바짝 붙어 빨간 삼각 깃발이나 경광등을 흔들고, 하얀 목장갑을 낀 손에 커다란 망치를 들고 레일과 기차의 몸체를 톡톡 두드리고 다니다 두들긴 자리에 귀를 대고 심각한 표정으로 소리를 듣곤 하던 화면의 모든 장소가 발우역일 거라 생각했다.

드라마가 중반으로 접어들 무렵엔 역장이 표를 팔던 역무실을 들여다보거나 승강장의 나무 벤치에 앉아 드문드문 심겨진 소나무를 바라보다 가는 사람들이 하나둘 생겨났다. 그들이 사진과 함께 올린 감상적인 글들이 블로그와 페이스북, 트위터 등에 오르내리기 시작하면서 이 외딴 간이역은 사람들이 몰려드는 지역의 명소가 되었다. 역이 소속된 강림군에서는 역사를 새로 단장하고 포토존을 설치하였다. 간이역 옆 빈터에는 조립식 드라마기념관을 세우고 관광객을 끌어들였다. 그러다 급기야 역의 이름까지 행복역으로 바꾸어버렸다.

사람들의 발길이 잦아지자 역 주변도 활기를 띠기 시작했다. 비어 있던 건물에 외지인들이 세를 들어 카페를 열었다. 노상에 내어놓은 원형 테이블에 앉아 커피를 마시며 사람들은 역사와 광장을 바라보았다. 그러다 사람들은 따듯한 햇살이 비치는 광장 한 귀퉁이에 돗자리를 펼치고 앉아 있는 한 사람을 발견했다. 앉은뱅이책상 앞에 앉아 역사 출입구를 하염없이 바라보고 있는 그를 사람들은 다람쥐도사라 불렀다. 그가 언제부터 행복역에 나타나게 되었는지 아는 사람은 없었다. 서서히 일어나는 일들은 대부분 불현듯 알게 된다. 도사 또한 며칠 몇 달 아니면 몇 년이 지난 지금에야 비로소 사람들 눈에 띄게 되었는지도 모른다.

앉은뱅이책상 위에는 닳고 해진 고서 한 권과 필기용구, 그리고 시장 바구니만 한 사각 철망이 하나 놓여 있었다. 철망 안에는 물레방아 모양의 쳇바퀴가 들어 있는데 둥글고 투명한 플라스틱 통이 바퀴를 감싸고 있었다. 바닥에는 작은 구슬들이 깔려 있어 다람쥐가 바퀴를 굴리면 물레방아 모양의 날개가 구슬을 밀어 원통으로 떨어뜨렸다. 끝은 갈수록 좁아져 원통 밖으로는 구슬 하나만 빠져나올 수 있었다. 도사는 구슬을 손가락으로 비틀어 안에서 꼬깃꼬깃 접혀 있는 종이를 꺼냈다. 종이마다 다른 글귀가 적혀 있었고 도사는 그것으로 사람들의 점을 쳐주었다. 도사가 언제부터 행복역에 나타났는지 아무도 모르듯이 그의 점괘가 신통하게 맞아떨어진다는 소문 또한 언제부터 돌았는지 아무도 알지 못했다. 그에게 점을 치려는 사람들은 끊이지 않았고, 신기하게도 그를 만난 후에는 모두 행복한 얼굴을 하고 집으로 돌아갔다.

*

집에서 30분쯤 걸으면 칼국수집이 나왔다. 면사무소로 가다보면 종수가 근무하고 있는 발우파출소가 나오고 파출소와 면사무소의 중간쯤에 발우초등학교가 있었다. 종수와 나, 그리고 김 선배가 졸업한 곳이다. 발우면에는 초등학교가 하나밖에 없으니 이곳에서 나고 자란 사람들은 모두 동문일 수밖에 없었다. 파출소는 대부분 비어 있었는데 오늘은 나이든 경찰 한 분이 지키고 있었다. 종수는 지금쯤 칼국수집에 도착해 있을 것이다. 약속에 늦는 종수는 생각해본 적이 없다.

고향에 내려왔을 때 나는 일부러 파출소 앞을 몇 번 지나갔었다. 안에 가끔 종수 얼굴이 보였지만 그냥 지나쳤다. 왠지 쑥스러웠다. 나는 발우초등학교 운동장을 몇 바퀴 돌고 집으로 돌아왔다. 어느 날

파출소 안으로 들어서자 처음엔 무심히 바라보던 종수의 눈이 점점 커지더니 귀가 빨개졌다. 나는 종수에게 엄마를 찾아줘서 고맙다고 말했다. 경찰 제복을 입은 종수는 의젓하고 생각보다 키가 컸다. 종수가 원래 또래 보다 크긴 했다. 마른 체형에 헐렁한 옷을 걸치고 다녀서 별명이 허수아비였다. 한참 생각하더니 종수가 "응 그거?" 하며 다시 귓불을 붉혔다. 수줍어하는 경찰관이라니. 옷만 갈아입었지 허수아비는 하나도 변한 것 같지 않았다. "어머닌 잘 계시지? 형님도?" 종수가 걱정스레 물었을 때 나는 고개만 끄덕였다.

아빠가 갑작스레 뇌출혈로 쓰러지자 엄마 혼자 가게를 지켰다. 엄마가 일할 때면 빈 의자에 자꾸 눈길이 갔다. 발우만물상회 안에는 나무로 만든 의자가 하나 있었다. 아빠와 엄마는 교대로 의자에 앉아 있었다. 의자를 하나 더 들여놓자고 해도 되었다고 하였다. 한 사람이 의자에 앉으면 다른 한 사람은 서 있었다. 두 분끼리만 통하는 규칙이나 기준이 있었는지는 알 수 없다. 하지만 한번도 의자를 두고 다툼이나 이견이 났던 기억은 없다.

아빠가 쓰러지고 한 달 동안 엄마는 오히려 정신이 초롱초롱해졌다. 가게 매출과 재고는 물론, 외상도 정확히 기억하고 기록했다. 엄마는 건망증이 심했다. 물건값을 제대로 받지 못하거나 외상을 주고도 기억을 하지 못해 손해를 많이 보았다. 의사는 건망증이 심해지면 자칫 치매로 진행할 수 있으니 손을 많이 쓰는 운동을 하라고 권했다. 엄마는 의자에 앉아 뜨개질을 시작했다. 아빠에게는 조끼를, 내게는 장갑을, 오빠에겐 목도리를 짜주었다. 아빠가 돌아가시자 엄마는 뜨개질을 그만두었다. 그냥 우두커니 의자에 앉아 있기만 했다. 총명했던 정신은 다시 예전으로 돌아갔다. 손님이 원하는 물건을 찾지도 못하고, 물건을 찾아도 값을 제대로 받지 못했다. 외상을 주고도 기억하지 못하자 그것을 알고 이용하는 사람들이 생겨났다. 정신이 돌아오면 엄마는 떼인 외상값보다 사람에게 받은 상처로 더 힘들어했다. 결국 엄마는 병원에서 치매 진단을 받았다. 의사는 이른 나이에 오는 치매라 진행 속도도 빠르고 경과도 좋지 않다며 특별히 신경써야 한다고 했다.

오빠가 사는 인천 집으로 모셔가기로 했다. 며칠 후 오빠에게서 연락이 왔다. 잠깐 집을 비운 사이 엄마가 사라졌다고 했다. 혹시 내게 오시지 않았느냐 물었다. 서울에서 새로 방을 구할 때마다 엄마가 며칠 묵어가며 정리를 해주곤 했다. 하지만 지금 살고 있는 집엔 온 적이 없었다. 전에 살던 집에라도 가볼 생각으로 일어서려는데 종수에게서 연락이 왔다. "발우역 광장을 순찰하며 한 바퀴 도는데 멀리 가게에 불이 켜진 게 보이더라. 내가 너네 가게는 한밤중에라도 눈 감고 찾아갈 수 있거든. 이상하다 싶어 가보니 글쎄 어머니께서 가게 앞에다 의자를 내놓고 앉아 계신 거야. 가게 불을 다 켜놓고 우두커니 역을 바라보고 계시더라." 지금 파출소에 모시고 있으니 오빠에게 빨리 연락을 하라고 했다. 어머니가 자기를 알아보고 반가워하셨다며 종수가 좋아했다.

*

그동안 거의 외출을 하지 않아서인지 집을 나서자 봄 햇살에 눈이 부셨다. 고향집은 방이 셋 있었다. 나는 가장 작은 방에서 지냈다. 집을 떠나기 전까지 내가 썼던 방이다. 방은 볕이 잘 들지 않아 아침저녁으로 서늘했다. 밤에는 보일러를 돌리고 이불을 쓰고 엎드려 책을 읽었다. 책꽂이에는 초등학교 때부터 읽던 책들이 그대로 꽂혀 있었다. 나는 아무거나 한 권을 꺼내 잠이 올 때까지 읽었다. 책에 그어진 밑줄과 행간의 메모는 남의 것처럼 낯설었지만 가끔 줄을 긋거나 생각을 적어넣던 기억이 살아났다. 그리고 그 기억들을 따라 까맣게 잊었던 시간들이 넝쿨처럼 줄줄이 타고 올라왔다. 밤새 생각들에 엉켜 있다가 늦은 아침에 일어나 눅눅해진 밥 한 덩이를 물에 말아 김치와 함께 먹었다.

가끔 창을 열고 뒤뜰 대추나무를 내다보았다. 내 키만 하던 나무가 어느새 자라 지붕 위로 길게 그늘을 드리우고 있었다. 아빠는 가을이면 장대로 가지를 털어 열매를 떨어뜨렸다. 나는 땅으로 떨어진 대추를 주워 바구니에 담았다. 내가 열매를 줍고 있으면 아빠가 장난삼아 장대로 가지들을 툭툭 건드렸다. 머리 위로 열매와 함께 잔가지와 이파리들이 떨어졌다. 나는 머리와 어깨를 건드리는 대추의 울림이 재미있어서 자꾸만 더 떨어뜨려 달라고 졸랐다. 아빠가 웃으며 장대를 세게 휘둘렀고 나는 갑자기 쏟아지는 나뭇잎과 열매에 놀라 나무 밑에서 달아났다. 그때 나뭇가지 사이로 반짝이던 가을 햇살과 시원한 공기와 장대를 휘두르던 아빠의 커다란 웃음소리를, 나는 집을 떠난 후에도 지갑 속에 간직한 사진처럼 가끔 꺼내보곤 했다. 나무는 밑동 위로 이끼가 오르고 주변으로 잡초가 무성했다. 몇 해 동안 스스로 떨궈낸 열매들이 나무의 그늘 안에 흩어져 있었다.

집 밖으로 나오려면 가게를 지나야 했다. 안채 마당을 가로질러 가게로 들어섰다. 물건이 모두 치워진 가게 구석에는 나무 의자만 달랑 남아 있었다. 의자에 가만히 앉아보았다. 이곳에 앉아 뜨개질을 하며 엄마는 무슨 생각을 했을까? 한 코 한 코 바늘을 뜰 때마다 예전에 이곳에 앉아 있던 한 사람을 떠올리고 있었을까?

가게 문을 나서자 오른쪽으로 비스듬히 행복역 광장이 보였다. 역사 건물이 그늘을 드리운 곳에 돗자리가 펼쳐져 있었다. 다람쥐도사는 보이지 않았다. 그가 어디서 잠을 자고 어떻게 밥을 먹는지 사람들은 알지 못했다. 그러나 나는 사람은 어디서 어떻게든 살아간다는 걸 알고 있다. 대학 졸업 후 입사한 기업의 홍보실과 정리해고, 부당해직과 무모한 투쟁들, 보습학원 임시교사와 편의점 알바, 실업급여 구직활동에서 마주친 사람들을 보면서….

*

칼국수집에는 김 선배와 종수가 먼저 와 있었다. 경찰복을 벗은 종수는 예전 모습이 그대로 남아 있었다. 헐거운 감색 티셔츠에 낡은 운동화. 살짝 주눅이 들어 있으면서 티를 내지 않으려 양손에 보이지 않는 자갈을 힘껏 움켜쥔 모습. 김 선배는 살이 많이 빠져 볼이 홀쭉했다. 안색이 칙칙하고 머리숱도 듬성듬성했다.

"여기 칼국수 셋이요."

내가 들어오는 것을 보자 김 선배가 주방에 대고 큰소리로 말했다. 반갑다는 선배 나름의 표현이었다. 주방에서 중년 여자가 얼굴을 내밀었다. 예전에 수건을 머리에 쓰고 환히 웃던 이모가 떠올랐다. "이모가 작년에 큰 수술을 받았대. 그래서 며느리가 맡아서 하는 거래." 먼저 주문한 파전과 막걸리를 내오는 여자를 보며 김 선배가 조그맣게 말했다. 며느리는 통통하고 아담한 체구에 눈가가 순했다.

"오랜만에 종수랑 한잔 하려고 시켰어. 너 없을 때 우리끼리 가끔 한잔씩 했거든."

선배가 술을 하는 건 알았지만 종수는 처음이었다. 왠지 종수와는 잘 어울리지 않는다는 생각이 들었다.

"채윤아, 종수 얘 은근히 술이 세다. 그 피가 어디 가겠냐?"

말을 하고나서 선배는 아차 싶은가 보았다. 종수 아버지는 술을 많이 드셨고 주사도 심했다. 종수 어머니가 어린 종수를 두고 집을 나간 뒤로는 온종일 술로 지냈다. 나는 가끔 엄마 심부름으로 종수 집에 쌀과 김치를 갖다주곤 했다. 담이 없어 집은 밖에서 안이 환히 들여다보였다. 기울어진 툇마루에 붙은 방은 마당을 향해 활짝 열려 있었다. 컴컴한 방안에 구멍난 러닝셔츠를 입은 종수 아버지가 벽에 등을 기대고 혼잣말로 무어라 중얼거리고 있었다. 얼굴은 흙빛이고 팔다리는 마른 명태처럼 가늘었다. 종수는 마당에서 돌멩이만 툭툭 차고 있었다. 종수가 화가 난 듯 내게서 쌀과 김치를 빼앗아들고 방으로 들어갔다. 방문을 닫으며 나를 돌아보는 종수 얼굴이 김치국물처럼 빨갰다. 그날 이후 돌멩이를 차던 종수의 운동화가 가끔 생각났다. 보풀이 잔뜩 일고 바닥의 고무와 천이 뜯어져 걸을 때면 맨발이 살짝살짝 드러나보이던….

"요즘 아버님 건강은 어떠시냐?"

선배가 무안한 듯 종수에게 물었다.

"간경화래요. 얼마 전에는 식도 핏줄이 터져서 중환자실에 한동안 계셨어요."

"그랬구나. 찾아뵙지도 못했네."

김 선배는 막걸리 한잔에 얼굴이 벌겋게 달아올랐다.

"선배 술이 많이 약해졌어요."

종수가 김 선배가 비운 잔에 술을 따랐다. 살이 빠져서인지 선배 얼굴에 주름이 도드라져 보였다. 갑자기 10년은 늙어버린 것 같았다.

"응 내가 요즘 몸이 좀 그래."

"형, 좀이 아니잖아. 채윤아, 선배 작년에 큰일날 뻔했어."

종수가 걱정스런 표정으로 나를 보았다.

"심근경색이란 게, 쇠망치로 가슴패기를 한 대 꽝 치는 것 같더라. 잘만했으면 주님이랑 포도주 한잔 마실 수 있었는데 아깝게 돼버렸지 뭐냐."

김 선배는 얼굴을 찡그리며 한잔을 여러 번 나눠 마셨다. 그때마다 눈가의 주름이 부챗살처럼 접혔다 펴졌다.

"그래서 형수가 신문사 그만두라고 한다면서요?"

"안 그래도 이참에 신문사 접고 운전이나 할까 생각 중이다."

"참 형수가 미술학원 하잖아요?"

"아이들이 꽤 늘어서 이젠 건물 한 층을 다 쓴다. 차도 한 대 더 샀는데 나더러 운전 좀 해달란다. 사실 신문사 적자난 거 니 형수가 다 메꿔준 거 아니냐?"

두 사람이 주고받는 말을 들으며 나는 문득 종이 울린다고 생각했다. 종수가 하는 말이 선배의 종을 울리면, 그 소리가 다시 종수의 종을 울리고. 가만 보면 어떤 소리든 종수에게 가닿으면 기분 좋은 파문이 일었다. 둘만 이야기한다 싶었는지 선배가 내 쪽을 보며 괜히 목청을 높였다.

"야, 박종수 순경. 너는 내 신문사는 안 지켜주고 채윤이만 지켜주는 거냐?"

"형은 무슨 이상한 소릴 하고 그래요? 누가 누굴 지킨다고?"

나와 눈이 마주치자 종수의 귀가 빨개졌다.

"니들 둘이 까짓 것 그냥 사귀어버려. 채윤아, 종수 이놈 괜찮지 않냐?"

"선배 아니 김 사장님, 취하셨습니다. 술이나 드시죠."

분위기가 어색한 지 종수가 건배를 하자며 서두르다 잔을 놓쳤다. 술이 종수의 바지와 신발에 쏟아졌다. 종수가 휴지를 가져와 옷과 신발을 닦았다. 술이 묻은 운동화가 얼룩덜룩했다. 종수의 운동화를 보고 있을 때 김 선배가 심각한 얼굴로 말했다.

"채윤아. 너 신문사 한번 맡아볼 생각 없냐? 자리잡을 때까지는 내가 도와줄게. 너라면 믿고 맡기겠는데 말이야." 장난기가 없어진 선배의 눈빛이 또렷했다.

"선배는 힘들다면서 왜 채윤이한테 떠넘기려고 해요? 빚도 있다면서."

종수가 운동화를 닦느라 구부렸던 허리를 폈다.

"니가 왜 발끈하냐? 내가 채윤이한테 덤탱이 씌울까봐 그러냐? 말이 나와서인데 종수 니가 좀 도와주면 안 되냐? 교회 주보 만들 때 니들 둘이 콤비가 좀 좋았냐? 종수 너는 사진 찍고 채윤이는 글 쓰고,"

말은 그렇게 하면서도 함께 주보를 만들던 때가 생각났는지 선배의 눈길이 한결 부드러워졌다.

"야 맨날 도둑 강도 잡는 건 아니잖아. 평소에는 지팡인지 누룩인지 하다가 비번일 때 신문사 일도 봐주고 친구도 도와주고 하면 좋지. 너네 둘 발우 초등 중등 동창 아니냐? 고등학교야 서로 갈라졌지만."

나는 자꾸만 종수의 운동화로 눈이 갔다. 종수의 신발. 낡은 운동화. 무언가 생각이 잡힐 듯 잡힐 듯하면서 달아났다.

*

무엇이든 오래하면 일이 몸에 배게 마련이다. 그러다보면 몸도 일에 배게 된다. 흔히 말하는 손맛이다. 비법을 전수했겠지만 며느리의 봄에까지 일이 배지는 않은 것 같았다. 칼국수는 예전 맛이 나지 않았다. 우리는 칼국수집에서 헤어졌다. 김 선배는 피곤하다며 집에 가서 쉬겠다고 했다. 바래다준다며 종수가 따라나섰다. 나는 집까지 걷기로 했다. 초봄이라 아침저녁으론 쌀쌀했지만 낮에는 더운 느낌마저 들었다. 분홍색 카디건을 벗어 어깨에 둘렀다. 아침에 무슨 옷을 입을까 잠시 고민을 했었다. 집안에만 있어서 안색이 창백하고 피부가 푸석거렸다. 분홍색 옷을 입으면 나아보이려나 생각했다.

집으로 가는 길에 발우초등학교를 지났다. 담장 대신 운동장 가에 심어놓은 이팝나무에 푸른 이파리들이 돋아 있었다. 두 달쯤 지나면 나무는 이마와 가슴패기에 하얀 꽃을 가득 달고 있을 것이다. 고향을 생각할 때면 어김없이 떠오르는 장면이다. 초여름 볕 아래 흰 눈을 가득 인 이팝나무. 환하고 따듯한 겨울.

교문 기둥에는 어릴 적 그대로 발우초등학교 교명이 새겨진 주물 명판이 붙어 있었다. 교문 안으로 들어서 운동장을 천천히 한 바퀴 돌았다. 새로 지은 교사와 강당에 밀려 운동장은 더 작아져 있었다. 운동장 구석에 있던 모래밭과 놀이기구들은 모두 그대로였다. 반질반질 윤이 나 햇빛에 반짝이는 양철 미끄럼틀. 땅에 닿는 바닥에 고무타이어를 댄 시소, 쇠창살을 동그랗게 휘어 지구본처럼 빙글빙글 돌아가게 만든 회전놀이기구.

20년 전 나는 지구본을 닮은 회전놀이기구에 앉아 있었다. 평소에는 타지 않던 것인데 그날 따라 놀이기구 주변에는 아무도 없었다.

나는 초록 페인트가 칠해진 둥근 쇠기둥에 등을 기대고 있었다. 바람이 기분 좋게 뺨을 스치며 불었다. 이팝나무 꽃향기가 바람에 실려왔다. 창살 사이로 두 발을 내밀고 땅을 조금씩 밀었다. 하늘이, 이팝나무가, 교실이 눈앞을 천천히 스치며 지나갔다. 갑자기 아이들이 몰려왔다. 모래밭에서 말타기놀이를 하던 남자아이들이었다. 한 아이가 창살을 잡고 내가 타고 있던 놀이기구를 돌렸다. 하늘과 나무와 교실이 빠르게 돌기 시작했다. 아이들이 하나둘 달라붙자 속도가 점점 빨라졌다. 아이들의 웃음소리와 함께 나무와 학교와 하늘이 사라졌다. 수평의 선들이 눈앞을 빠른 속도로 스쳐지나갔다. 기둥을 꼭 붙들고 있었지만 몸이 튕겨져 나갈 것만 같았다. 그만하라고 소리를 질렀지만 그럴수록 아이들의 웃음소리는 더욱 커졌다. 속이 울렁거리고 정신이 아득해졌다. 갑자기 웃음소리가 사라지고 다투는 소리가 들려왔다. "야 너 손 안 놔?" "이 허수아비 새끼가." "야 박종수 너 디질래?"

속도가 서서히 줄어드는 게 느껴졌다. 지구본 밖으로 길게 매달린 물체가 보였다. 종수가 회전기구 창살을 붙들고 시계바늘처럼 돌고 있었다. 종수의 발이 땅에 질질 끌렸다. 발이 지나간 자국이 땅바닥에 달무리처럼 동그랗게 새겨졌다. 동그라미 밖으로 흙먼지를 뒤집어쓴 운동화 한 짝이 보였다. 놀이기구가 멎을 때쯤 담임 선생님이 달려왔다. 종수는 운동장에 엎드려져 있었다. 선생님이 종수를 업고 양호실 쪽으로 뛰었다. 등에 업힌 종수는 한쪽 신발이 벗겨져 있었다. 발이 피와 흙으로 지저분했다. 울렁거림도 가라앉고 세상은 다시 평온해졌다. 아이들도 모두 사라졌다. 운동장에는 낡고 더러운 운동화 한 짝만이 햇볕에 반짝이고 있었다.

*

집이 가까워지면서 멀리 행복역 광장에 다람쥐도사의 모습이 보였다. 도사가 앉은 돗자리 위로 볕이 환했다. 도사는 하루 내내 볕이 드는 자리를 따라 조금씩 자리를 옮겨 다녔다. 일 년 동안 도사가 옮겨간 자리를 이으면 태양 주위를 도는 지구의 공전궤도와 같을 것이다. 궤도를 도는 내내 도사의 시선은 역의 출입구 쪽을 향해 있었다. 그러므로 행복역을 드나드는 사람들은 누구나 도사의 시선에서 벗어날 수 없었다. 가까이 다가갔을 때도 도사는 역의 출입구만 바라보고 있었다. 신발을 벗고 돗자리 위에 올라섰을 때야 비로소 나를 쳐다보았다.

처음에는 도사와 인터뷰를 할 생각이 없었다. 도사의 점괘가 소문처럼 신통한지 궁금했을 뿐이었다. 도사는 이런저런 특별할 것도 없는 질문을 던졌다. 결혼은 했느냐. 가족들에게 우환이 있느냐, 건강에는 문제가 없느냐. 나는 이런 걸 다 알려주면 신통하달 게 뭐가 있겠나 싶어 그냥 일어설까 생각이 들었다. 그때 도사가 물었다. 뜬금없는 질문이었다.

"그런데 갑자기 댁이 없어지면 누가 찾아서 나서줄 사람은 있소?"

"네? 그야 가족이나 친구가…."

도사가 나를 빤히 쳐다보았다. 답이 더 나오길 기다리는 것 같았다.

"오빠가 한 명 있어요. 엄마는 몸이 많이 불편하고, 아빠는 돌아가셨고…. 친구가 한 명 있긴 한데 잘 모르겠어요."

도사의 눈빛이 사뭇 진지해서 일어서지 못하고 대충 얼버무리듯 대답했다.

"그런데 왜 안 왔소? 다들 기다리고 있는데."

"무슨 말씀이죠?"

"기차가 도착할 시간이 되면 그이는 어김없이 내 옆에 앉아 사람들이 나오는 출입구를 바라보고 있었다오. 그 양반도 나처럼 누군가를 기다리고 있었지. 먼 곳으로 기차를 타고 가다 문득 홀린 듯 내려서 저 출입구로 나타나주길 바라고 있었던 거지."

내가 잠시 생각을 고르는 사이 도사는 철망 안으로 손을 넣어 쳇바퀴 위에 다람쥐 먹이를 올려놓았다. 어느새 다람쥐가 쳇바퀴 위에 나타나 바퀴를 돌리기 시작했다. 다람쥐는 아마도 도사가 철망 안에 손을 넣기도 전에 이미 쳇바퀴 위에 올라와 있었을 것이다. 도사가 책상 위 먹이주머니 속으로 손을 넣을 때부터, 먹이를 주려고 마음을 먹었을 때부터, 다람쥐는 이미 알고 있었을 것이다. 구석에 숨어 있었지만 다람쥐는 도사의 사소한 부스럭거림도 놓치지 않았을 것이다. 다람쥐가 먹이를 향해 달리자 쳇바퀴가 돌기 시작했다. 그러자 쳇바퀴와 연결된 원통 안으로 구슬이 하나 떨어져 밖으로 굴러나왔다. 도사가 구슬을 비틀어 뚜껑을 열었다. 안에는 꼬깃꼬깃 접힌 쪽지가 들어있었다. 도사가 종이를 꺼내 펼쳤다.

一枝花凋(일지화조) 一枝花開(일지화개)

한 가지에는 꽃이 시들고 한 가지는 꽃이 피었다.

“기다려주는 사람이 한 사람이라도 있으면 된 거야. 그럼 어떻게든 살아갈 수 있어.”

도사의 눈은 다시 행복역의 출입구를 향해 있었다.

그날 도사에게 나의 지나온 시간들을 누적누적 털어놓았던 것은 도사의 점괘가 나의 처지와 꼭 들어맞았기 때문은 아니었다. 도사는 이미 나를 알고 있었다. 내가 아니라 나를 기다리던 사람을 알고 있었다. 기차에서 내리는 딸을 지친 표정으로 기다리던 사람. 볕 아래 나란히 앉아 역사 출입구를 바라보는 두 사람. 따듯한 봄볕이 그들을 비추고 다람쥐는 두 사람을 번갈아 쳐다보았을 것이다. 눈빛과 사소한 부스럭거림만으로도 마음의 낌새를 알아차리는 다람쥐는 두 사람을 구별하지 못했을지도 모른다. 다람쥐처럼, 인터뷰어인지 인터뷰이인지가 구별이 가지 않을 때가 있다. 그런 게 전혀 중요한 일이 아닌 것처럼 느껴지는 그런 때가….

*

아이가 평범하지 않다는 것을 알기까지 일 년이 넘지 않았다. 아이는 웃지도 눈을 마주치지도 않았다. 제때에 기지도 서지도 걷지도 않았다. 아이는 하루의 대부분을 머리와 손을 흔들며 중얼거렸고, 그렇지 않은 시간에는 소리를 지르며 물건을 집어던졌다. 아이에게 세상은 이상한 소리와 색깔과 촉각으로 가득 찬 곳이었다. 안개처럼 뿌옇고 젤리처럼 끈적거리는 세상. 아이는 세상이란 원래 그런 곳인 줄 알았다. 불쾌하고 불안하고 무서운….

그는 가끔 아이를 데리고 동물원에 갔다. 아이는 알파카를 좋아했다. 동물원을 닫을 때까지 알파카만 쳐다보기도 했다. 알파카의 커다란 눈과 긴 목이 아이를 닮았다고 그는 생각했다. 아이가 알파카를 향해 팔을 쭉 뻗으면 알파카가 울타리 철책 너머로 고개를 쑥 내밀고 아이를 쳐다보았다. 그럴 때 아이는 조용하고 차분했다. 의젓해 보이기까지 했다. 그래서 그는 잠시 화장실에 다녀와도 좋겠다고 생각했다. 다녀오는 길에는 갈증이 나서 생수 한 병과 아이가 좋아하는 아이스크림을 샀다. 더운 날씨라 몇 명이 계산대 앞에서 기다리고 있었지만 그리 길지 않은 시간이라 괜찮을 거라 생각했다. 알파카 우리 앞에 아이가 보이지 않았을 때 그는 아이가 싫증이 나서 다른 우리로 옮겨갔을 거라 생각했다. 아이스크림이 녹기 전에는 아이를 찾을 수 있겠지, 그는 조금 느긋하기까지 했다. 아이의 호기심과 모험심에 희망적인 기분까지 들었다. 그러나 그날 그는 집에 돌아오지 못했다. 동물원과 경찰서, 그리고 다시 동물원. 그는 동물원 근처를 밤새 헤매고 다녔다. 몇 달이 지나도 아이 소식은 들려오지 않았다. 그는 아이를 찾는 플래카드를 내걸고 아내와 함께 밤 늦도록 전단지를 돌렸다. 동물원을 중심으로 차츰 반경을 넓혀나갔다. 사람들이 많이 다니는 곳이면 아무 데나 찾아갔다. 주로 지하철과 기차역 주변이었다. 집을 나서거나 돌아오는 길에도 사람들에게 전단지를 나눠주었다. 아이는 사라졌고 함께 했던 기억들만 남았다. 기억은 서로의 상처를 들추는 거울이 되었다.

그는 집을 떠났다. 아이를 찾아 전국을 돌아다녔다. 부랑자들과 노숙자들 사이에 섞여 거리에서 먹고 잤다. 아이를 찾는 전단지 몇 장을 빼고 그가 가진 거라곤 아무것도 없었다. 그는 기차역을 돌며 남은 전단지들을 한 장씩 역사에 붙였다. 전단지가 다 떨어지면 자신의 삶도 끝내겠다고 마음먹었다. 마지막 남은 전단지를 붙일 때 노인을 만났다. 노인은 아이가 어디 있는지 점을 쳐주겠다고 했다. 노인이 다람쥐에게 먹이를 주자 다람쥐가 쳇바퀴를 돌렸다. 노인 앞으로 구슬이 하나 또르르 굴러떨어졌다. 노인이 구슬의 뚜껑을 열고 구깃구깃 접힌 종이를 펼쳤다.

"우물가에 바람이 부니 오동나무가 가을인 줄 먼저 안다. 아이는 살아 있구먼. 잘 살고 있어. 죽지만 않으면 만나게 될 팔자구먼."

점괘를 읽은 후 노인은 그에게 밥과 술을 사주었다. 그는 노인과 함께 여기저기를 떠돌았다. 노인은 그에게 사주보는 방법을 가르쳐주었다. 노인은 한문을 잘 알고 있어서 주역이나 토정비결도 가르쳐주었다. "혹시 모르니까 알아둬. 그런데 이런 한자 몇 자 나부랭이로 점을 치는 건 아냐. 다람쥐랑 마음이 통해야 돼." 어느 해 겨울 밤새 기침을 하던 노인은 새벽에 기척도 없이 숨을 거두었다. 그는 다람쥐와 책 몇 권을 들고 그곳을 떠났다.

그는 노인의 다람쥐로 점을 쳐주며 기차역을 떠돌아다녔다. 노인에게 점치는 법을 배운 덕분에 밥도 먹고 밤이면 이슬을 피할 수 있었다. 그렇게 지내던 어느 날이었다. 틀림없는 아이였다. 열차에 오르는 뒷모습과 객실 복도를 걸어가는 옆모습을 쫓아 그는 미친 듯 뛰었다. 그러나 그가 도착하기 전 열차는 떠났다. 이젠 나가야 한다는 역무원의 말을 들을 때까지 그 자리에서 꼼짝할 수 없었다. 그는 아이를 보았던 발우역에 자리를 잡았다. 이곳에서 기차를 탔다면 언젠가는 다시 이곳에서 타거나 내릴 거라 생각했다. 그는 아이가 자신을 잘 볼 수 있도록 햇볕이 잘 드는 환한 곳에 자리를 잡았다. 발우역이 행복역으로 바뀌고 나서도 햇볕을 따라 옮겨 다니며 자리를 지켰다. 사람들은 그를 다람쥐도사라 불렀다. 그는 행복역의 유명인사가 되었다.

발우생활정보 권채윤 기자

다람쥐도사의 인터뷰 기사를 마치고 잠깐 잠이 들었나보다. 창밖이 뿌옇게 밝아왔다. 꿈을 꾸었다. 넓은 풀밭이었다. 하늘까지 닿을 듯 커다란 이팝나무 한 그루가 서 있었다. 가슴에 하얀 꽃을 가득 달고 있었다. 어디선가 알파카 한 마리가 나타났다. 알파카가 훌쩍 뛰어 나무 위로 올라갔다. 나무 아래 한 아이가 알파카를 우두커니 쳐다보고 서 있었다.

새벽바람을 쏘이고 싶어 마당으로 나왔다. 대추나무 가지가 안채 지붕 위로 길게 뻗어 있었다. 가지가 무거워 내려앉으면 아빠가 지붕 위로 올라가 톱으로 잘라냈다. 나는 사다리를 놓고 지붕 위로 올라가는 아빠를 올려다보았다. 아빠가 한손으로 나뭇가지를 들추고 하늘

속으로 올라갔다. 햇살이 눈부셔 한쪽 눈을 가늘게 뜨면 아빠의 구부러진 등이 가지 사이로 자맥질하듯 오르내렸다.

마당을 지나 가게 안으로 들어섰다. 가게 창으로 새벽빛이 들어와 진열대와 선반이 푸르게 드러났다. 나는 손님처럼 가게 안을 둘러보았다. 밤새 머릿속에서 그렸다 지운 그림들이 떠올랐다. 그래. 이쯤에다 칸막이를 만들어야겠다. 칸막이는 밖의 풍경이 가려질 만큼 높아서는 안 될 거야. 거리도 광장도 모두 보여야 하니까. 칸막이 이편에는 북카페를 내야지. 벽에는 선반을 몇 개 더 달고 방에 있는 책을 가져와야겠어. 사람들은 선반에서 책을 꺼내 테이블 위에 올려놓고 따듯한 커피를 마시겠지. 카페 맞은편 칸막이 너머로는 편집실을 내야겠어. 그곳에 책상이 셋은 있어야 할 거야. 내 건 카페 쪽으로 붙여 놔야겠어. 커피를 내리고 차를 내오기가 편해야 하니까. 책상 하나에는 빛이 환히 들지 않아야 할 거야. 비록 임시직이지만 사진 담당 기자가 앉아야 할 자리니까. 책상 하나는 너무 허름하지 않아야겠지. 명색이 신문사 창업자이고 고문이 앉을 자리니까. 참, 저기 구석 자리 나무의자는 볕이 좋은 날이면 밖에 내놔야겠어. 행복역이 환히 보일 수 있게.

함께 캉캉 춤을

함께 캉캉 춤을

이곳에 온 지 두 달이 지나서야 비로소 그의 존재를 알게 되었지만 따지고 보면 수연에겐 그리 놀랄 일도 아니었다. 그는 작업치료실 책상들을 벽 쪽으로 밀어내며 공간을 만들고 있었다. 작업치료에 사용되는 소도구들이 박스에 담겨 구석에 가지런히 놓여 있었다. 긴가민가하며 수연은 조그맣게 "고 선배"하고 불러보았다. 목장갑을 끼고 책상을 들어올리던 그가 뒤를 돌아보았다. 초승달 눈썹과 작고 동그란 눈. 그러고보니 물리치료실로 향하는 복도를 지나다 본 것 같기도 했다. 작업치료실 쪽이었으니 더 확실했다. 어슴푸레한 형체가 복도 끝에서 돌연 훅하고 사라져버렸다. 유령처럼….

고승태 선배. 대학 연극동아리에서 그의 별명은 고스트였다. 처음에는 이름 때문에 그런 별명이 지어졌을 거라 생각했다. 그런데 꼭 그 때문만은 아니었다. 크지도 작지도 않은 키. 잘생기지도 못생기지도 않은 얼굴. 굵지도 가늘지도 않은 목소리. 칙칙한 회색 계열의 옷. 한마디로 그는 눈에 잘 띄지 않는 사람이었다. 사람들은 그가 보이면 아는 체를 했고 보이지 않으면 잊어버렸다. 한참 동안 보이지 않아도 그를 찾는 사람은 없었다. 그는 슬며시 나타나 어디쯤엔가 묻혀 있다 슬며시 사라졌다. 작업치료실 복도 끝에서 훅하고 사라져버린 것처럼.

수연은 대학에 입학하자마자 연극동아리에 들어갔다. 수인의 영향 때문이란 걸 수연도 부인하진 않았다. 수연의 두 살 오빠인 수인은 고등학교 때부터 연극에 빠져 있었다. 그의 말로는 사무엘 베케트의 〈고도를 기다리며〉를 읽고부터라고 했다. 희곡에 반해서 연극을 시작하다니, 수인답다고 수연은 생각했다. 수인은 무엇을 시작하든 먼저 책으로 배웠다. 책을 읽으며 자신이 그 일을 하는 모습을 상상해본 후 그 느낌에 따라 그것을 배울지 말지를 결정했다. 연극은 대본을 통해 인물과 사건을 이해하고 상상하는 능력이 필수였으므로 수인과는 궁합이 딱 맞는 천생연분이었다. 처음 맡은 단역을 수인이 월등하게 잘해내자 선배들이 조금씩 비중 있는 역할을 맡기기 시작했다. 밤 늦도록 방안을 서성이며 중얼중얼 대사를 외우는 소리가 수연의 방까지 들려왔다.

마침내 〈고도를 기다리며〉의 '에스트라공' 역을 맡게 되었을 때 수인은 기쁨과 흥분을 감추지 못하고 한밤중 수연의 방으로 찾아왔다. 수인은 자신이 맡은 배역의 상대역을 맡아달라며 대본을 내밀었다. 당시 중학생이었던 수연은 '블라디미르'와 '포조'와 '럭키'를 오가며 수인의 상대역을 맡아야 했다. 그날의 일은 수연에게 깊은 인상을 남겨서 훗날 대학 연극반에 들어가는 계기가 되었다고 수연은 생각했다. 그러나 수연은 연극동아리에 가입한 후, 연극이 생각만큼 흥미롭지도 매력적이지도 않다는 걸 알게 되었다. 그것은 수연에게 연극적인 재능이 없다는 말과 다르지 않았다. 어쨌거나 수연의 기억 속에 그날 밤처럼 수인의 얼굴이 빛난 적은 없었다. 대학 연극영화과에 합격했을 때도, 졸업 작품으로 〈고도를 기다리며〉의 연출을 맡았을 때도, 베테랑 배우로서 무대 위에서 열광적인 박수를 받았을 때도 수인은 그날 밤처럼 환하게 빛나지 않았다.

승태는 작업치료실에서 일주일에 한번씩 환자들을 모아 노래를 부르거나 간단한 놀이를 한다고 했다. 수연이 구석에 세워둔 기타를 쳐다보자 레크리에이션 강사 자격증도 땄다며 멋쩍게 웃었다. 한쪽 입꼬리를 살짝 올리며 어색하게 웃는 모습은 여전했다. 승태는 동아리방 구석에 웅크리고 앉아 있다가 수연과 눈이 마주치면 화들짝 눈길을 피하며 어색한 웃음을 짓곤 했다. 그렇게나마 그의 존재를 확인할 수 있었던 것도 동아리에 가입하고 두 달쯤 지난 후였다. 그는 동아리 2년 선배였고 그의 기수들이 연극동아리를 주도해나가고 있었다. 승태는 자신의 동기들이 연출을 할 때조차도 자원해서 지나가는 행인1, 2, 3 역할을 맡았다. 그가 그처럼 존재감 없는 역할을 맡는 것을 모두 당연히 여기고 있었다. 그는 초록색 타이츠를 입고 나무 역할을 했고, 두 사람이 함께 탈을 쓰고 하는 노새 역할에서는 오히려 후배의 가랑이 사이에 머리를 집어넣는 뒷다리 역을 맡았다.

“오랜만이네. 저기는 언제 온 거예요?” 그가 손가락으로 물리치료실 쪽을 가리켰다. 반말과 존대를 섞어 쓰는 말투도 여전했다. 저 자식 땜에 우리 기수 아우라는 완전 꽝이야. 동기들의 원망을 들으면서도 그의 물렁한 화법은 쉽게 바뀌지 않았다. 수연은 물리치료실 소속의 보라색 유니폼을 입고 왼쪽 가슴에는 ‘물리치료사 김수연’이라 새겨진 아크릴 이름표를 달고 있었다.

"두 달 되었어요. 선배는요?"

그는 햇수로 삼 년이 되어간다고 했다. 승태는 예전보다 옷차림이 밝고 세련돼 있었다. 승태가 어색한 듯 흰 티셔츠와 초록 형광색 바지를 손으로 털어내는 시늉을 했다.

"할머니 할아버지들이 이런 옷을 좋아해서 말이죠. 왜 나이 먹으면 애가 된다고 하잖아요?"

승태 옆에 놓여 있는 기타 울림통에도 빨갛고 노란 스티커들이 알록달록 붙어 있었다.

"선배를 이곳에서 만나게 될 줄 몰랐네요. 선배야말로 어떻게?"

"여기가 고향이에요. 언젠가 말하지 않았나? 수연 씨는 잘 생각 안 나죠?"

수연은 그와 언제 그런 대화를 나누었는지 기억을 더듬어보았다. 그러느라 시선을 조금 돌렸는데 그때 승태 곁에 놓인 기타가 눈에 들어왔다. 울긋불긋한 스티커들. 그래 맞다. 공연 포스터. 그리고 사각 하늘…. 수연은 유난히도 무더웠던 그해 여름을 떠올렸다. 수연의 코끝이 매캐해졌다.

*

해가 쨍쨍한 여름의 한낮이었다. 하늘은 구름 한 점 없고 캠퍼스는 뜨거운 공기로 달궈져 있었다. 가끔 바람이 불었지만 미지근한 물이 스쳐지나는 느낌이었다. 수연은 아직 고등학생 티를 벗지 못한 여드

름투성이 연극반 동기와 함께 학교 정문 쪽을 향해 걸어가고 있었다. 두 사람 모두 옆구리에 한 달 후 시작될 공연 포스터를 둘둘 말아 끼고 있었다. 겨드랑이를 타고 땀이 흘러내려서 포스터를 감아쥔 옆구리 셔츠가 축축했다. 둘은 지금 막 모든 단과대학의 게시판과 중앙도서관, 학생식당과 교수휴게실을 거쳐오는 중이었다. 정문 게시판을 끝으로 오늘 하루 일과가 마무리될 예정이었다.

정문 게시판에는 동문회, 향우회, 세미나 등을 알리는 포스터와 안내물들이 빼곡하게 붙어 있었다. 굵은 매직으로 쓴 장문의 대자보는 그 정중앙에 위치해 있었다. '독재타도' '미제타도'란 붉은 글자가 유난히 눈에 들어왔다. 그러고보니 캠퍼스에 가득한 열기는 여름 햇볕 때문만은 아니었다. 교문 앞에는 많은 시위대들이 모여 있었다. 그들은 머리에 띠를 두르고 주먹을 흔들며 구호를 외쳤다. 교문 밖 횡단보도 건너편에는 전투경찰들이 도로와 인도를 차지하고 도열해 있었다. 수연보다 기껏 두세 살 많아 보이는 그들은 커다란 투명 플라스틱 방패를 들고 여름 한낮의 땡볕 아래 서 있었다. 그들에게서 불과 한두 해 전, 청바지를 입고 캠퍼스를 누비던 자유로운 영혼의 흔적은 찾아볼 수 없었다. 두터운 진압복에 방독면 가방을 비스듬히 멘 표정에는 피로와 짜증이 가득 배어 있었다.

수연의 눈에 전경들을 태우고 온 버스 사이로 사람들의 그림자가 언뜻 비쳤다. 그림자들이 하나둘 모여 순식간에 열을 이루고 전경들 후미로 바짝 다가섰다. 머리에는 헬멧을 쓰고 청재킷 상의에 흰 운동화를 신고 있었다. 그림자들이 어깨에 엑스 자로 걸쳐 멘 가방에서 방독면을 꺼냈다. 수연은 방독면을 쓰는 그들의 얼굴에서 권태와 냉소를 보았다. 증오보다 더 소름끼치는 표정이었다.

수연은 게시판의 빈자리를 찾아 포스터를 급히 붙였다. 수연이 동아리방으로 돌아가려고 시위대 뒤를 막 가로지를 때였다. 흰 연기를 내뿜는 주먹만 한 물체들이 포물선을 그리며 시위대를 향해 날아들었다. 시위대 군데군데 쥐불놀이하듯 연기가 피어올랐다. 스크럼을 짜고 선두에서 구호를 외치던 학생들이 학교 안으로 뛰어오기 시작했다. 뒤를 하얀 헬멧을 쓴 방독면들이 쫓았다. 헬멧들은 시위대 사이를 파고들며 발길질을 하고 주먹을 날렸다. 무협영화처럼 공중을 붕붕 날아다니며 곤봉을 휘두르고 방패로 시위대의 머리와 어깨를 찍었다. 남자건 여자건 구별하지 않았다.

수연 쪽으로 한 무리의 학생들이 뛰어왔다. 겁을 잔뜩 먹은 얼굴에서는 피가 흐르고 있었다. 그들과 부딪히며 수연의 옆구리에 끼고 있던 포스터 뭉치가 땅으로 떨어졌다. 발길에 포스터들이 밟히고 찢겨 흩어졌다. 그 중 몇 장이라도 주우려 수연은 허리를 굽혔다. 그때 수연의 눈앞에 하얀 연기를 뿜는 깡통 하나가 또르르 굴러왔다. 처음엔 숨이 턱 막혔다. 그러다 차츰 눈과 코가 매콤해지며 눈물과 콧물이 쏟아지기 시작했다. 몸 안 어디에 그렇게 많은 분비물이 고여 있는지 수연도 깜짝 놀랐다. 눈물로 앞이 보이지 않자 수연이 손등으로 눈을 닦았다. 곧바로 눈 주위를 시작으로 얼굴 전체가 부어올랐다. 주변은 어느새 비명과 아우성으로 가득 찼다.

누군가 거친 욕설을 퍼부으며 수연의 머리채를 낚아챘다. 시야에 하얀 헬멧이 어른거렸다. 수연은 길바닥에 꼬꾸라졌다. 넘어진 위로 발길질이 쏟아졌다. 이렇게 죽는구나 싶을 때 갑자기 발길질이 멈췄다. 옆에서 우당탕 거친 몸싸움이 느껴졌다. 누군가 수연의 손을 잡아 일으켰다. 수연은 손이 이끄는 대로 무작정 뛰었다. 일단은 그곳을 빠져나와야 했다. 아우성치는 소리들이 차츰 멀어졌다. 얼마나 오래 달렸을까? 주변이 갑자기 조용해졌다. 수연은 숨을 몰아쉬었다. 옆에서 거친 숨소리가 들려왔다. 둘은 아직까지 손을 잡고 있었다. 수연이 깍지 낀 손가락을 살며시 빼냈다.

수연은 살짝 눈을 떠보았다. 좁은 골목이었다. 다닥다닥 붙은 낮은 지붕들과 담장들. 벽에 난 작은 창들이 눈에 들어왔다. 그들은 조금 더 걸어서 파란 칠을 한 대문 앞에 섰다. 그가 문설주 틈에 손을 넣어 기다란 철사를 꺼냈다. 그것을 문틈 사이에 넣어 빗장을 조금씩 옆으로 밀어냈다. 대문이 열리자 시멘트를 바른 네모난 마당이 나타났다. 마당 한 귀퉁이에 작은 화단이 있고 옆으로 공동 화장실로 보이는 시멘트 구조물이 세워져 있었다. 수도는 화장실과 화단 사이에 있었다. 수도를 틀자 꼭지에 연결된 비닐 호수 끝으로 물이 쏟아졌다. 수연에게 고개를 숙이고 얼굴을 비스듬히 들게 한 후 그가 수돗물을 수연의 이마 쪽에서 아래로 흘려보냈다.

처음엔 따가웠지만 차츰 눈꺼풀이 시원해졌다. 수연은 비로소 눈을 크게 뜰 수 있었다. 그가 보였다. 작고 동그란 눈과 초승달 눈썹. 승태의 얼굴도 눈물과 콧물로 범벅이 되어 있었다. 눈두덩은 퉁퉁 부어 있었고 왼쪽 광대뼈와 턱의 피부가 쓸려 피가 엉겨 있었다. 손마

디도 여기저기 긁혀 있고 옷은 흙투성이였다. 수연의 옷도 마찬가지였다. 얼굴을 씻느라 수돗물에 젖어 수연의 가슴골이 환히 드러났다. 승태가 얼굴을 옆으로 비꼈다.

집은 마당을 둘러 길게 쪽마루가 있고 그 뒤로 작은 방들이 오밀조밀 붙어 있었다. 승태가 화단 쪽 끝방으로 들어가 수건과 셔츠를 가져왔다. "좀 크겠지만 지금 입은 옷보단 낫겠죠? 돌려주지 않아도 되니 집에 갈 때까지만 입어요." 수연은 쪽마루 위에 놓인 옷과 수건을 들고 승태가 나온 방으로 들어갔다. 수연은 젖은 옷을 벗고 승태가 준 셔츠로 갈아입었다.

뒤란 쪽으로 조그맣게 창이 나 있고 그 아래 앉은뱅이책상이 놓여 있었다. 수연은 책상 앞에 앉아 수건으로 머리를 말렸다. 책상 위에는 초등학교 앞 문방구에서나 파는 스케치북이 한 권 놓여 있었다. 수연은 별생각 없이 그것을 펼쳐보았다. 연필로 스케치한 풍경화 몇 장이 있었다. 나지막한 산들로 둘러싸인 마을과 그 앞으로 펼쳐진 들판. 그 들판을 가로지르며 산 쪽으로 사라지는 강과 강을 가로지르며 놓인 다리. 어디서나 볼 수 있는 흔한 시골의 풍경이었다.

수연이 방에서 나와 쪽마루에 걸터앉았다. 수돗가에서 얼굴을 씻던 승태가 부은 얼굴을 찡그리며 일어섰다.

"최루탄 가루가 묻으면 절대로 손으로 눈을 비비거나 하면 안 돼요. 그럴 땐 바람 부는 방향으로 얼굴을 돌리고 가만있어야 해요. 눈물이건 콧물이건 그냥 흐르는 대로 내버려두고."

승태가 얼굴에 손부채질을 했다. 승태의 셔츠를 입고 쪽마루에 걸

터앉아 수연도 얼굴에 손부채질을 했다

"선배, 그림도 그려요? 책상 위에 스케치북이 있던데…."

"응 그거? 고향 생각날 때 가끔. 뒷산과 논과 밭과 강물과, 뭐 그런 것들. 달리 특별할 것도 눈여겨볼 것도 없는 곳이야."

입꼬리를 말아올리며 승태가 웃었다. 얼굴이 부어서인지 평소보다 더 어색해보였다.

"강이 참 멋져요. 나무가 늘어선 강변을 언제 한번 걸어보고 싶네요."

골목길로 남자들 몇이 두런거리며 지나가는 소리가 들렸다. 승태가 멈칫하며 말을 멈추었다. 담 밖에서 소리가 더 이상 들리지 않자 승태가 조그만 소리로 말했다.

"언젠가 고향에 조그만 소극장 하나 갖는 게 꿈이에요. 나중에 세상이 좋아지거든."

수연은 그날 승태와 나누었던 대화 내용은 기억하지 못한다. 아마도 승태가 고향에 대해 조금 더 얘기했을 것이고, 왜 선배는 행인1. 2, 3 같은 존재감 없는 역할들만 골라서 하는 거죠? 라고 수연이 물었을 것이고, 그러자 승태가 그런 역할을 하면 고향에 온 것처럼 편안해져요, 라고 말했을 것이다. 다만 수연은 쪽마루에 걸터앉아 바라본 하늘만은 또렷이 기억하고 있다. 다닥다닥 붙은 낮은 지붕들 때문에 하늘은 네 귀퉁이를 모두 잘려 사각 모양이 되어 있었다. 그해 여름 수연이 다리를 대롱거리며 쪽마루에 걸터앉아 올려다본 사각 하늘. 어쩌면 철이 든 후 그러니까 나라는 것을 인식하고 난 후 한번도 가져보지 못했던 편안함을 수연은 그날 처음 느꼈던 것 같다.

*

"주말에 내려갈게. 할 말이 있어. 제발 이번에는 도망치지 마라." 상혁에게서 문자가 와 있었다. 수연이 처음 M시로 내려왔을 때 하루에도 수십 통의 문자와 전화가 걸려왔었다. 메일함에도 그만큼의 메일이 쌓여갔다. 부재 중이라는 발신음을 들었을 텐데도 그것은 한 달 가까이 계속되었다. 그러다 한 달이 지날 즈음 뚝 끊겨버렸다. 바라던 바였지만 막상 그렇게 되자 수연은 좀 묘한 기분이 들었다. 석 달 만에 온 상혁의 문자를 확인하며 수연은 숨바꼭질하다 술래에게 들킨 아이처럼 반가움과 낭패감을 함께 느꼈다.

상혁은 수연의 오빠인 수인과 고등학교 때 함께 연극을 했던 친구였다. 수인이 대학에서 연극을 전공한 반면 상혁은 경영학과에 진학했다. 그렇더라도 상혁은 수인이 역을 맡거나 연출하는 공연에는 빠지지 않고 모습을 드러냈다. 수연 또한 수인의 공연에는 대부분 참석하는 편이어서 상혁과 자주 만나게 되었다. 시간이 지나며 둘은 자연스레 나란히 앉아 공연을 보는 사이가 되었다.

"결정적으로 연극은 아무리 진지해도 가짜라는 거야. 진지할수록 그 갭은 더 커지는 거지. 문제는 재미로 치부하기엔 너무도 진지한 세상이 그곳에 있다는 거고."

상혁은 수인이 연출한 공연 팸플릿을 대충 훑어본 후 가방에 아무렇게나 집어넣었다. 상혁이 감청색 가방을 닫을 때 고급 가방 특유의 가죽 냄새가 났다.

고등학교 연극반 시절 〈고도를 기다리며〉에서 수인이 '에스트라공' 역을 맡았을 때 상혁은 '소년' 역을 맡았다. 소년은 1막과 2막의 마지막에 잠깐 등장하여 고도가 오지 못한다는 말을 전하고 사라졌다. 그리고 이 연극을 끝으로 상혁의 연극에 대한 흥미 또한 사라졌다. 말은 대학 입시 준비 때문이라 했지만, 그때 상혁이 어떤 벽에 부딪혔음이 확실했다.

언젠가 수인이 상혁을 만났을 때 수인은 문득 고등학교 연극반 시절을 떠올렸다. 그때 수인은 대학을 졸업한 후 대학로의 한 유명 극단에 정기적으로 출연하며 그 바닥에서 탄탄히 자리를 굳혀가고 있었고, 상혁은 대학원에서 경제학을 공부하며 유학을 준비하고 있었다. 수인은 그냥 떠오르는 대로 상혁에게 말을 했다. 널 보니 옛날 생각이 난다. 사실 그때가 참 좋았다. 그땐 너도 열정이 대단했지. 재능도 있었고. 그러던 네가 지금은 연극무대와는 완전히 담을 쌓고 있구나. 그때 상혁의 귀에는 열정보다 재능이란 말이 강하게 들어왔다. 재능을 너무 빨리 포기해버린 건 아니었을까, 상혁은 순간 아쉬운 마음이 들었다. 시간이 조금 지나자 화가 나기 시작했다. 상혁은 수인이 대본을 쓰고 연출을 맡은 연극 〈아무도 고도를 기다리지 않는다〉에 자신이 혹시 출연할 수 있을지 물었다. 수인은 흔쾌히 수락했고, 약간은 들뜬 마음으로 상혁을 위해 대본의 일부를 수정하기까지 했다.

수인의 연극 〈아무도 고도를 기다리지 않는다〉는 사무엘 베케트의 〈고도를 기다리며〉와 달리 연극의 첫 장면부터 고도가 등장했다. 베케트의 연극에서 고도를 애타게 기다리던 사람들–결국 아무도 고도를 만나지 못하게 되는–에게 고도는 자신이 그들이 애타게 기다리는 바로 그 사람임을 알린다. 그러나 아무도 고도의 말을 믿으려하지 않는다. 대본을 쓰면서 수인은 부조리의 반대 또한 부조리란 생각을 했다. 수인은 고도가 자신의 과거 모습과 대면하는 장면을 넣었다. 수인은 '과거의 고도' 역을 상혁에게 맡겼다. 수인은 고도가 과거를 회상할 때 고도와 비슷한 분장을 한 상혁이 등장하여 서로 마주치도록 대본을 고쳤다. 연극의 맥을 이루는 중요한 장면이라고 수인은 생각했다.

수인은 현재와 과거의 고도가 서로 만나는 그 장면에 대사를 많이 넣지 않았다. 수인은 두 사람이 얼굴을 마주하고 한참을 바라보거나 거리를 두고 거울을 보듯 서로 대칭으로 움직이도록 했고, 그러한 동작만으로 2막의 많은 부분을 할애했다. 공연에서 상혁의 대사는 연극적이라기보다 일상적이었는데, 그러한 비연극적인 대사가 오히려 연극을 살렸다고 수연은 생각했다. 상혁은 시종 고도에게 화가 난 듯 쏘아붙였으며 상대에게 화답해야 할 부분에서는 예상치 못한 긴 침묵으로 일관했다. 그럴 때 상혁은 당황하고 절망적인 표정을 지었는데, 그것이 오히려 지루하기 쉬운 연극에 긴장감을 불어넣었다. 상혁이 수연에게 꼭 와서 봐야 한다며 간곡히 부탁했다. 상혁이 VIP 좌석이라며 맨 앞자리 중앙을 예약해주었는데, 무대가 너무 가까워 수연은 공연 내내 불편했다.

연극이 끝나고 뒤풀이에서 상혁은 술 몇 잔에 금세 말이 많아졌다. "내가 실수를 많이 했죠? 미안합니다." 상혁은 특별히 누구에게랄 것도 없이 혼잣말처럼 중얼거렸다. 상혁의 상대였던 고도 역을 맡은 배우는 상혁보다 두세 살쯤 어렸지만 연기 경력으로 치면 상혁과는 비교도 되지 않는 베테랑이었다. 배우는 가끔 미소를 지으며 말없이 술만 마셨다. 무사히 연극을 마쳤다는 안도감 때문에 모두들 자신들의 속도와 주량을 조금씩 넘어서고 있었다. 상혁이 배우에게 술잔을 건넬 때는 말이 많아진 상태를 지나 있었다.

"내 상대역 하느라 힘드셨죠? 그런데 말이죠. 아까 내가 잠깐 대사를 늦춘 건 말입니다, 그러니까 그게, 말입니다, 그때 나는 극의 흐름상 잠깐 침묵이 필요한 순간이라 판단했단 말이죠. 절대로 내가 대본을 씹은 게 아니란 거죠. 그런데 왜 그때 내 시간에 댁이 대사를 쳤느냔 거지."

상혁이 병을 오래 기울이는 바람에 술이 잔을 넘쳐 배우의 손에 떨어졌다. 배우의 얼굴이 굳어지며 미간에 주름이 잡혔다.

"야, 박상혁. 오랜만에 무대에 서니까 좋냐? 나도 옛날 생각나서 좋더라. 그래서 술이 술술 잘 넘어가는 건가?"

수인이 어색한 분위기를 깨려는지 웃으며 상혁에게 잔을 내밀었다. 상혁이 수인을 돌아보았다.

"김수인. 네 눈에는 지금 내가 좋아보이냐?

상혁은 수인의 잔을 받지 않았다. 상혁의 목소리는 차고 건조했다.

그때 배우가 고개를 벽 쪽으로 돌리며 혼잣말로 중얼거렸다.

“시발 요즘은 개나 소나 다 배우란다.”

순간 상혁이 배우를 향해 몸을 날렸다. 하지만 상혁은 배우에게 닿기는커녕, 다리가 꼬여 탁자 앞에서 넘어지고 말았다. 탁자 위에 놓인 안주와 술병과 술잔들이 바닥에 떨어져 깨지고 흩어졌다. 종업원들이 달려왔고 주점 안에 있던 사람들이 놀라 쳐다보았다.

“싸우는 게 아니구요, 실수로 넘어진 거예요. 이 친구가 좀 취했네요. 죄송합니다.”

수인이 상혁을 부축해 일으켰다. 배우는 이미 사라지고 없었다. 수인의 팔에 기댄 상혁이 자리를 정리하고 있는 수연에게 말했다.

“수연아. 네 눈에도 지금 내가 좋아보이냐? 내 눈에는 너도 안 좋아보이거든? 야, 김수연. 너도 지금 하나도 안 좋아보인다고.”

*

연말이면 병원은 지역유지나 자원봉사자들의 방문으로 평소보다 분주했다. 승태는 해마다 성탄절 일주일 전쯤 병원에서 공연을 해왔다. 승태의 몇몇 고향 후배들이 함께 환자들과 노래를 부르거나 게임 등의 놀이를 했다. 공연의 마무리는 언제나 연극이었다. 짧고 간단한 극이었지만 승태는 직접 대본을 쓰고 연출을 했다. 병원의 직원들과 환자들이 함께 어우러지는 공연이었다. 크리스마스가 다가오면서 승태가 병원에 머무는 시간도 늘어났다.

수연이 작업치료실 앞을 지날 때 승태는 휠체어 앞에 앉아 누군가의 다리를 열심히 주무르고 있었다. 너무 열중해 있어 수연이 좀 크게 불렀는데도 승태는 듣지 못했다. 승태의 등에 가려 잘 보이지 않았지만 병원에 있는 사람들은 누구나 휠체어에 앉은 사람을 알고 있었다. 척추가 주저앉아 등허리가 ㄱ자로 구부러진 할머니. 사람들은 그를 폐지할머니라 불렀다.

할머니는 평생을 빈 병과 폐지를 주우며 살았다. 사람들은 새벽 동틀 무렵이면 등허리가 새우처럼 굽은 할머니가 자신의 키만 한 리어카를 끌고 강둑을 따라 걷는 모습을 보았다. 다리를 건넌 할머니는 왼쪽으로 커다랗게 원을 그리며 도시를 한 바퀴 돌아 빈 병과 종이를 주웠다. 도시의 외곽에서 점심으로 국수 한 그릇을 비운 할머니가 다리로 돌아오면 강 너머로 노을이 졌다. 할머니는 다리 앞 고물상에 그날 하루 주워온 병과 종이의 무게를 달아 돈을 받았다. 할머니의 허리는 무장무장 구부러져서 리어카보다도 작아졌고 언제부턴가 다리를 건너서 왼쪽으로 돌지 않고 아무렇게나 도시를 가로질렀다. 도로가 막히고 차들이 놀라 경적을 울렸다. 어느 날 리어카에 짜장면 배달 오토바이가 부딪혔다. 다행히 크게 다친 곳은 없었지만 병원에서 할머니는 치매 진단을 받았다. 타지에 살고 있는 아들에게 연락이 닿았고 아들은 노모의 집 안 구석구석 쓰레기가 가득 쌓여 있는 것을 보았다. 아들은 거실과 안방과 화장실과 부엌을 통조림처럼 가득 메우고 있던 온갖 잡동사니들을 치우며 노모도 함께 치웠다.

병원에 입원한 할머니는 어디든 휠체어를 밀고 다녔다. 구석구석을 다니며 수액 박스와 빈 음료수 병과 신문지를 휠체어에 가득 싣고 병실로 돌아왔다. 할머니는 침대 아래와 시트 사이와 배게 속에 그것들을 감추었다. 병원에서 가장 오래 근무하고 있다는 병실 수간호사는 할머니가 젊었을 때 춤을 잘 추었다고 말했다. 먼 친척 동생뻘 된다는 노인이 언젠가 침대에 휴지처럼 구겨져 누워 있는 할머니를 보고 장탄식을 하더라고 했다. "그렇게 덩실덩실 춤도 잘 추던 언니가, 사뿐사뿐 꽃 찾는 나비 같던 언니가 어찌 이리 못쓰게 되었소. 어디 한번 허리 쭉 펴고 훨훨 날아보소."

승태는 폐지할머니의 다리를 주무르고 나서 무릎을 조심스레 당기며 스트레칭을 했다. 할머니가 아프다며 얼굴을 찡그렸다. 승태는 할머니를 살살 달래가며 계속 스트레칭을 했다. 할머니가 차츰 편안한 표정을 지었다. 승태와 할머니를 잠시 지켜보다 수연은 작업치료실을 빠져나왔다. 사실 특별한 용건이 있었던 건 아니었다. 작업치료실을 지나다 창문으로 승태가 보였고 그래서 아, 고 선배가 여기 있구나, 생각이 들었던 것이다. 그래서 그냥 이름을 한번 불러본 것뿐이었다.

*

상혁은 카페의 창가 자리에서 수연을 기다리고 있었다. 카페는 도시의 가장 높은 11층 건물 꼭대기에 들어서 있었다. 높은 곳에서 내려다보니 강은 손에 잡힐 듯 가까웠다. 멀리 북쪽으로 강을 가로지르는 다리가 보이고 강둑을 따라 줄기만 앙상한 나무들이 늘어서 있었다. 도시에서 강이 이렇게 가까이 있는 줄 수연은 그동안 알지 못했다. 무엇이든 떨어져 있어야 제대로 보이는 걸까, 수연은 생각했다. 상혁은 하늘색 파카를 입고 있었다. 상혁은 머리를 좀 길렀고 그것 때문인지 마르고 까칠해보였다.

"뭐 마실래? 카모마일?"

상혁이 어색한 듯 메뉴판을 뒤적였다. 수연은 날씨가 추워지면 커피 대신 따듯한 허브차를 마셨다.

"나야 늘 그렇지."

상혁이 카모마일과 블루마운틴을 주문했다.

"여기 꽤 춥네. 분지라서 그런가?"

상혁이 어깨를 움츠리며 손을 비비는 시늉을 했다. 대화가 끊어지자 둘은 동시에 창밖으로 시선을 돌렸다. 창유리에 비스듬히 상혁의 얼굴이 비쳤다. 수연은 상혁이 어딘지 달라졌다고 느꼈다. 상혁은 좀 쓸쓸해보였고 어른스러운 느낌이 들었다.

수연이 묻지도 않았는데, 상혁은 수연이 여기 있다고 수인이 알려주었으며, 자신이 워낙 귀찮게 해서 수인이 배겨낼 재간이 없었을 거라고 말했다. 얼마 전 수연은 수인에게 자신의 거처를 알려주었다. 결국 상혁에게 알려질 거라는 것 또한 수연은 알고 있었다. 그래서 상혁이 그처럼 미리 수인에 대한 변명을 늘어놓았는지 모른단 생각이 들자 수연의 얼굴이 살짝 붉어졌다.

"어떤 일이 일어나도 네 잘못은 아니다. 하지만 아무 일도 일어나지 않는다면 그건 네 잘못이다."

마치 눈앞에 펼쳐진 편지를 읽는 듯 상혁이 말했다.

"수인이 너 만나면 꼭 전해달랬어. 무슨 뜻인지 알겠니?"

상혁이 궁금하다는 표정으로 수연을 쳐다보았다.

"오라버니의 그 깊은 뜻을 제가 어찌 알겠어요?"

그렇게 말하면서 수연은 수인의 말을 곰곰이 생각해보았다.

"내 생각엔, 그러니까 수인의 말은, 둘이서 오늘 무엇이 되던 결론을 봐라, 뭐 그런 뜻이 아니었을까?"

상혁의 말에 대답하지 않고 수연은 찻잔을 손바닥으로 감쌌다. 수연은 천천히 카모마일을 한 모금 마셨다. 향이 입안에 퍼지자 수연은 마음이 차분해졌다.

"유학 준비는 잘 돼가?"

상혁이 살짝 놀라는 표정을 짓더니 이내 너털웃음을 지었다.

"유학은 개뿔. 나 곧 입대해. 남자라면 어차피 한번은 치러야 할 일이기도 하고."

유학을 그렇게 쉽사리 포기해버리다니 수연은 의외였다. 수연이 알기로 상혁은 그럴 사람이 아니었다. 몇 년을 준비한 유학인데.

"부모님이랑 지도교수한테도 얘기 다 끝내고 온 거야. 아니면 오늘 여기 내려오지도 않았을 거야."

한참을 조용히 커피잔만 내려다보다 상혁이 말했다.

"아무래도 난 너 없인 안 되겠어. 너는 어떨지 모르지만…."

수연은 상혁에게 알았다고 대답했다. 무엇을 알았다는 건지 두 사람은 여전히 혼란스러웠지만 그렇다고 굳이 물어보지는 않았다.

상혁을 서울로 보내고 집으로 돌아가려다 수연은 카페에서 내려다본 강이 생각났다. 카페에서 내려다볼 땐 몰랐는데 강은 생각보다 멀었다. 강둑에는 잎이 진 나무들이 바람에 잔가지를 흔들며 서 있었다. 강을 가로질러 다리가 놓여 있었고 수연은 다리 앞까지 강둑을 걸었다. 낮은 산들이 맞닿아 짐승의 등줄기 모양을 이루고 있었다. 강은 그 옆구리쯤에서 흐르다 사라졌다. 산 아래 마을이 보였다. 옹기종기 모여 있는 지붕들 앞쪽으로 논밭이 펼쳐져 있었다. 수연의 눈가가 선뜻했다. 수연이 위를 올려다보았다. 잿빛 하늘에 눈발이 조금씩 날리고 있었다.

*

아침에 일어나보니 밤새 눈이 수북이 쌓여 있었다. 승태의 공연이 있는 날이었다. 출근길은 을씨년스러웠다. 도시의 외곽 언덕 위에 세워진 병원은 오늘 따라 무척 추워보였다. 건물도 사람처럼 추워보일 수 있다는 사실을 수연은 알고 있었다.

그해 여름 승태가 사라졌다. 겨울이 되도록 승태 소식을 아는 사람은 없었다. 그것보다 아무도 승태가 사라진 걸 신경쓰지 않았다. 동아리방이 있는 학생회관을 나서다 수연은 건물 앞 자판기에서 커피를 뽑고 있는 연극동아리 선배들을 보았다. "수연아, 커피 한잔 하고 가라. 형들이 쏠게." 그 중 한 명이 수연을 손짓해 불렀다. 수연은 추

위에 볼이 빨개진 채 자판기 커피를 마시며 그들의 이야기를 들었다.

"그러니까 네 얘기는 그날 승태 혼자만 잡혀갔단 거지?"

"그렇다니까. 그날 위에서 싹 잡아들이라고 오다가 난 거야. 그래서 백골단까지 떴다는 것 아니냐."

"다른 놈들은 미리 다 피했는데 왜 승태만 집에 있다 잡혀간 거냐? 승태만 몰랐던 거야?"

"그러게. 형사들도 설마 하고 잠복했는데 승태가 집에 있는 걸 보고 지들도 깜짝 놀랐다잖아. 다른 꿍꿍이가 있나 하고 의심까지 했다더라."

"그나저나 승태 놈 바로 학적변동 돼서 전방으로 끌려갔다며?"

"바로 끌려간 것도 아니라더라. 가기 전에 엄청 당했대. 야 올 여름 얼마나 더웠냐? 우리도 공연 연습한다며 매일 물 한 주전자씩 마셨잖아? 승태도 조사실에서 물깨나 마신 것 같더라고. 누가 면회 가서 봤는데 몸이 퉁퉁 불어 있더래. 얼이 완전히 빠져가지고."

"한두 놈만 불면 그렇게 모질게 당하지는 않는다던데. 너도 알잖아? 그 소갈머리 고승태가 오죽했겠냐?"

"전방에서도 데모하다온 놈들은 엄청 뺑뺑이 돌린다지 아마?"

"그나저나 졸라 춥다. 하긴 올 여름 졸라 더웠으니 겨울도 졸라 추워야지. 우리 이쁜 수연아, 안 그냐?"

그날 수연은 작고 동그란 창들이 달린 학생회관 건물이, 혼자서 썰렁하게 겨울 하늘을 이고 있는 그 벽돌 건물이 몹시도 추위를 타고 있는 거라 생각했다.

*

공연은 저녁 식사 후 다과 파티를 겸해 식당에서 열렸다. 식당은 기념식이나 세미나가 있으면 강당이 되기도 강연장이 되기고 했고, 오늘 같은 날은 공연장으로도 쓰이는 다목적 다용도 장소였다. 식당 입구 맞은편 벽에 무대가 설치돼 있었다. 나무 발판들을 촘촘히 늘어 놓아 바닥보다 한 뼘쯤 높게 만들었다. 환자들과 직원들이 하나둘 들어오기 시작했다. 휠체어에 타거나 부축을 받으며 오는 사람들도 있었다.

병원장의 간단한 축사가 끝나자 곧이어 공연이 시작되었다. 첫 순서로 승태와 후배들이 기타를 치며 사람들과 함께 노래를 불렀다. 레크리에이션 강사 자격증까지 땄다더니 승태는 능숙하게 분위기를 이끌어갔다. 처음에 서먹해하던 사람들도 하나둘 따라서 박수치며 노래를 불렀다. 이어진 순서로 마술 공연이 있었다. 광대 분장을 한 마술사는 지역 출신의 성공한 사업가로 승태의 고등학교 선배이기도 했다. 그가 보여준 마술이란 게 링을 부딪쳐 통과시키거나 모자에서 비둘기를 꺼내는 뻔한 것들이었지만, 사람들은 그의 사소한 동작과 트릭에도 무릎을 치며 웃어댔다. 그는 일 년에 한번뿐인 마술 공연에서 그가 앞으로 살아나갈 일 년치의 힘을 얻어간다고 했다. 관객들의 웃음과 박수 소리가 커져갈수록 마술사의 얼굴은 환해졌다.

다음 순서로 환자들과 병원 직원들로 구성된 합창단 공연이 있었다. 환자복과 의사들의 가운과 간호사들의 분홍 카디건이 함께 섞인 합창단은 꽃이 핀 화단 같았다. 가곡과 가요를 몇 곡 부른 후 언제나 처럼 '고요한 밤 거룩한 밤'으로 마무리를 했다. 박수와 환호 속에 합창단이 퇴장했다. 그리고 식당의 불이 꺼졌다.

한동안 고요했다. 어디선가 왈츠곡이 은은하게 들려왔다. 무대가 서서히 밝아졌다. 조명이 비추는 곳에 발레복을 입을 아이들이 춤을 추고 있었다. 그들의 춤은 느리고 엉성했다. 아이들로 분장한 사람들이 환자들과 병원 직원들이었으니 당연했다. 환자들 중엔 노인도 있었다. 수연은 무대에서 멀리 떨어진 입구 쪽에 서 있었다. 언젠가 VIP석 맨 앞자리에 앉아 연극을 본 적이 있었다. 수연은 그때보다 마음이 편안하다고 느꼈다. 멀리 있어야 잘 보이는 것들이 있지…. 수연은 서서히 연극에 빠져들었다.

무대 반대쪽 어두운 곳에 낡고 초라한 옷을 입은 한 소녀가 서 있다. 소녀는 아이들이 춤을 추는 모습을 부러운 듯 바라보고 있다. 음악이 점점 커지고 빨라지며 불빛 아래 춤추는 사람들도 음악에 맞춰 신나게 춤을 춘다. 음악이 갑자기 끊기고 무대는 다시 어두워진다. 장면이 바뀌어 허름한 방안에 소녀와 소녀의 엄마가 보인다. 바느질감이 잔뜩 쌓여 있고 소녀는 바느질하는 엄마를 돕고 있다. 소녀가 엄마에게 춤추는 친구들 이야기를 한다. 소녀의 엄마는 한숨을 쉰다. 소녀는 잠이 든다. 일을 힘들게 마친 엄마는 남은 조각들을 모아 밤새 옷을 만든다. 아침에 일어나 소녀는 머리맡에 놓인 발레복을 발견한다. 하지만 친구들이 입었던 옷과는 비교가 되지 않는 볼품없는 옷이다. 소녀는 실망한다. 소녀는 옷을 입지 않고 작은 상자 안에 넣어둔다.

장면이 바뀌어 소녀는 어른이 되어 있다. 가정을 꾸리고 아이들을 키운다. 열심히 일하지만 소녀는 항상 가난하다. 소녀는 일찍 늙어 훌쩍 노인이 되어버렸다. 소녀는 허리가 구부러져서 잘 걷지 못한다. 소녀는 어느 날 꿈을 꾼다. 꿈속에서 천사가 나타나 소원을 말하라고 한다. 소녀는 어릴 때 보았던 친구들처럼 멋진 옷을 입고 춤을 추고 싶다고 말한다. 그때 소녀의 상자가 열리고 안에서 빛이 쏟아져 나온다. 소녀는 상자 안을 들여다본다. 안에는 멋진 발레복이 들어 있다. 노인이 된 소녀가 기뻐하며 환희 웃는다. 무대의 불이 꺼진다. 한동안 어둡고 고요하다.

어디선가 조그맣게 음악이 들려온다. 짠잔 짜자자자 짠짠 짜자자자 짠잔. 무대 중앙에 작고 동그란 조명이 켜진다. 한 노인이 휠체어에 앉아 있다. 주변은 어둡고 노인의 뒤로는 까만 스크린이 쳐져 있다. 허리가 새우처럼 구부러지고 다리가 나뭇가지처럼 가는 노인은 하얀 타이즈에 레이스가 달린 화려한 발레복을 입고 있다. 폐지할머니다. 음악이 점점 커진다. 짠짠 짜자자자자자자자 짠짠 짜자자자 짠짠. 오펜하임의 〈천국과 지옥〉 서곡에 나오는 캉캉이다. 휠체어에 앉은 할머니의 다리가 리듬에 맞춰 서서히 움직인다. 할머니의 팔도 몸도 박자에 따라 흔들린다. 할머니 몸이 의자 위로 서서히 떠오른다. 할머니가 공중에서 캉캉 음악에 맞춰 다리를 흔든다.

음악이 점점 커져 식당 안을 가득 메운다. 사람들이 음악에 맞춰 손뼉을 친다. 연극에 등장했던 배우들 모두 무대 위로 올라온다. 발레복을 입고 춤을 추던 사람들과 소녀의 엄마와 천사들 모두가 나와 함께 춤을 춘다. 손을 잡고 나란히 서서 음악에 맞춰 다리를 번쩍번쩍 들어올린다. 짠짠 짜자자자 짠짠 짜자자자 짠짠. 사람들이 일어나 음악에 맞춰 박수를 친다. 할머니도 신이 나서 손뼉을 치며 웃는다. 그 바람에 할머니가 끼고 있던 틀니가 빠져나와 바닥에 떨어진다. 사람들이 그것을 보고 큰소리로 웃는다. 어떤 사람은 너무 웃어 눈물을 흘리기도 한다. 노인들도 일어나 덩실덩실 춤을 춘다.

수연은 폐지할머니 뒤 어두운 장막 속에 두 사람의 그림자를 보았다. 검은 전신 타이즈를 입은 두 사람이 어둠 속에 숨어 있었다. 한 사람은 발판 위에 올라서서 공중의 할머니를 뒤에서 안고 있었고, 다른 한 사람은 허리를 구부린 채로 발판 위에 올라선 사람의 다리 사리에 머리를 끼우고 있었다. 승태였다. 승태는 음악에 맞춰 스트레칭을 하듯 할머니의 다리를 올렸다 내렸다 했다. 수연은 공중에 떠 있는 폐지할머니 아래로 하얀 초승달이 뜨는 것을 보았다. 승태가 허연 이빨을 드러내며 환히 웃고 있었다. 승태가 어색하게 웃는 바람에 초승달이 살짝 일그러졌다.

평유

평유

새벽에 겨우 잠들었는데 고시원 관리인 최씨가 문을 두드렸다. 최씨 말 가운데 '냄새', '304호' 빼곤 알아들을 수 없었다. 선잠을 깬 탓도 있었지만 나는 비염이 다시 재발한 거라 생각했다. 언젠가 내게 비염에 대해 설명해주던 의사의 발음도 비염 특유의 코맹맹이 소리여서 몇 마디는 잘 알아듣지 못했다. 그가 만성비후성비염이란 게 잘 낫지 않을 뿐더러 낫더라도 대부분 재발한다고 했으므로, 나는 그렇다면 도대체 낫는다는 기준이 무엇이냐 물어보려다 그만두었다. 비염을 달고 사는 의사에게 더 물어보고 자시고 할 게 없을 것 같았다.

의사는 합병증으로 난청이 올 수 있다고 했다. 의사는 내게 얼굴을 치켜들도록 하더니 콧구멍에 흡입기를 넣어 콧물을 뽑아내주었다. 자신의 막힌 비강을 버려두고 남의 코를 뚫어주는 의사의 직업의식에 잠시 숙연해지기까지 했다. 코가 뻥 뚫리니 의사의 발음이 좀 더 명확히 들렸다. 비염이 난청의 원인이라더니 맞는 말이다 싶어 의사의 얼굴이 새삼 달리 보였다.

최씨는 술에 취해 있었고 무언가 단단히 화가 나 있었다.

"무슨 냄새가 난다고 그래요?"

최씨 말을 잘 알아들을 수 없어서 방문을 반만 연 채 최씨 쪽으로 몸을 조금 기울였다.

“304호를 요즘 도통 볼 수 없어. 혹시 무슨 일 있는 거 아냐?”

최씨의 넓적한 얼굴은 기름기로 번질거렸고 싸구려 염색을 한 탓인지 내버려둔 무덤처럼 흰머리가 삐죽삐죽 솟아 있었다. 그걸 왜 나한테 물어보냐 쏘아붙이려다 그냥 잘 모르겠다고만 대답했다. 304호 방세가 몇 달 밀렸다는 말이 신경이 쓰였다. 나도 최씨에게 가끔 듣는 말이었고 앞으로도 언제든 들을 수 있는 말이기도 했다.

며칠 전 최씨가 복도에서 무슨 냄새가 나지 않느냐 물어온 적이 있었다. 304호 쪽에서 나는 것 같다고 했다. 그러고보니 쿰쿰한 냄새가 나는 것 같기도 했다. 나는 최씨 몸에 배인 생선비린내려니 생각했다. 고시원 건물주의 먼 친척뻘 된다는 최씨는 사업을 말아먹고 도박빚까지 져 이혼을 당할 처지가 되자 건물과 세입자를 관리해준다며 건물주를 설득해 이곳에 들어앉았다.

최씨는 출입구와 맞붙은 방 하나를 꿰차고 몰래 숨겨둔 막걸리를 마셨다. 사무실 문에 낸 조그만 창에 벌겋게 술이 오른 얼굴을 들이대고 드나드는 사람들을 빤히 쳐다보았다. 고시원 사람들은 최씨가 민원을 해결하기보다 민원을 넣지 못하도록 감시한다는 느낌을 받았다. 술안주로 정어리를 넣은 찌개를 좋아한다는 최씨는 찌개 끓일 형편이 못되자 깡통에 든 정어리를 날것으로 먹었다. 남자는 평소에 단백질을 잘 섭취해둬야 하는데 육지보다 바다에서 난 것이 더욱 고급이란 게 최씨의 주장이었다.

최씨에게 잠시 기다리라 말하고 방문을 조금 소리나게 닫았다. 짜증이 나기도 했지만 그렇지 않더라도 이 망할 놈의 고시원 문짝들은 조용히 닫히는 법이 없었다. 4층 시멘트 건물 곳곳에서 삐걱이고 덜컹대는 신음 소리가 들려왔다. 건물도 오래되니 사람처럼 혈관이 막히고 뼈대가 주저앉았다. 외피가 갈라지고 떨어져나간 건물은 단열 기능이 사라져 겨울엔 무릎이 시리고 여름엔 땀띠가 돋았다. 얇은 벽 하나를 사이에 두고 대롱대롱 벽에 매달린 시체와 함께 몇 날 며칠을 지낼 수 있었던 것도 따지고 보면 비염과 더불어 영하로 꽁꽁 얼어붙은 날씨 덕분이기도 했다.

옷을 갈아입는 사이 최씨가 304호 방문을 따는 소리가 들렸다. 잠시 후 비명과 함께 무언가 우당탕 나가떨어지는 소리가 들렸다. 방을 나와보니 활짝 열린 304호 문 앞에 최씨가 하얗게 질린 채 주저앉아 있었다.

304호 여자는 옷을 걸기 위해 벽에 박아놓은 대못에 신발 끈을 풀어 목을 맸다. 한 쪽만으로는 모자랐는지 발목 위로 한 뼘 정도 덮는 부츠의 양 끈을 풀어 둘을 연결했다. 짝퉁이지만 끈은 튼튼해서 여자가 발견될 때 목의 절반 정도까지 파고들었다. 그 와중에도 나는 칸막이벽에 등을 기대고 키득대며 TV를 보았고, 여자가 매달려 있던 벽을 마주하고 후루룩거리며 컵라면을 먹었다. 아침마다 바라보며 스킨을 바르고 코털을 다듬던 거울 뒤 몇 센티미터쯤에 누군가 매달려 있었단 생각이 들자 등줄기가 서늘해졌다.

*

강원도 어디쯤에서 영미를 보았다는 말을 듣고 이것저것 가리지 않고 내려왔지만, 그때 영미를 만나지 않은 게 천만다행이란 생각이 든다. 당시 기분으로 영미를 만났다면 아마도 강원도 동남쪽에 위치한 이 조용하고 아담한 도시의 이름이 한동안 신문지상에 오르내렸을지 모른다. 어느 날 쪽지 한 장만 달랑 남기고 홀연히 사라져버린 영미를 이처럼 모든 일을 팽개치고 찾아헤맨 이유가 단지 영미와 함께 사라져버린, 비록 중고지만 내 전 재산과 다름없는 천오백만 원짜리 깁슨 기타 때문만은 아니다. 영미가 비번을 함께 공유한 통장의 바닥까지 싹싹 긁어가버린 때문은 더더욱 아니다. 나는 영미가 남긴 쪽지를 하루에도 수십 번 읽고 또 읽어보았다.

'기타는 내가 가져간다. 너한테 해준 거에 비하면 이자도 안 된다.'

나는 영미의 체온이 아직도 남아 있는 원룸 침대 위에 누워 영미가 이자를 받아갈 만큼 나한테 해준 게 무엇인지 곰곰이 생각해보았다. 재워주고, 먹여주고, 입혀주고 뭐 한 가지라도 나에게서 나갔으면 나갔지, 영미한테서 돌아온 것은 없었다. 제 딴엔 미안했는지 가끔 침대 위에서 시간을 때워주긴 했지만, 영미가 깁슨을 들고 사라질 무렵엔 그나마도 없었다. 나는 나이트클럽 밴드 일도 나가지 않고 (기타가 사라졌지만 허접한 중고라도 구해 일을 계속하는 건 어렵지 않았다) 온종일 원룸에만 틀어박혀 지냈다. 그렇게 일주일쯤 지날 무렵이었다. 나를 형처럼 따르던 웨이터에게서 연락이 왔다. 영미와 함께 클럽에 드나들던 아이들 중 한 명에게 들었다며 영미가 강원도 어딘가에 있는데 친구들과 한번 내려가기로 했다는 것이었다. 나는 그 길로 옷가지와 간단한 세면도구 몇만 챙겨들고 영미가 있다는 강원도로 향했다. 사실인지 아닌지 확인하지 않았다. 영미의 기억이 묻어 있는 그곳에서 한시라도 빨리 벗어나고 싶었다.

싸구려 여관방 하나를 잡았다. 영미가 있을 만한 곳은 뻔했다. 늦은 아침을 먹고 영미가 알바로 일할지 모르는 편의점과 카페와 패스트푸드점 등을 돌아다녔다. 여관으로 돌아와 한잠 자고 나면 날이 저물었다. 어둑해진 거리로 나와 나이트클럽이나 단란주점 같은 곳을 뒤지고 다녔다. 나이트클럽 안으로는 들어가지 않았다. 손님으로 입장할 형편도 되지 못했지만 그럴 생각도 없었다. 나이트클럽에서 일을 했던 건 가진 기술이 그것밖에 없기 때문이었다. 시장바닥처럼 시끄러운 그곳이 내겐 도무지 맞지 않았다. 울긋불긋 돌아가는 조명을 보면 어지럼증이 났다. 연주할 때면 바닥만 쳐다보았다. 내가 연주하는 무대 앞에서만 영미가 춤을 춘다는 사실도 알지 못했다. 영미와 친구들은 기타 치는 남자가 언제 고개를 들 것인가를 두고 내기까지 했다고 하였다.

나는 영미 같은 부류의 애들이 출근하거나 퇴근하는 시간에 맞춰 업소 입구가 보이는 길가에 쪼그려앉아 담배를 피웠다. 하지만 한 달이 지나도록 영미의 그림자조차 발견하지 못했다. 그렇다고 성과가 전혀 없던 건 아니다. 비가 부슬부슬 내리는 저녁이었다. 한기가 들어 이만 일어서야지 하는데 누가 내 이름을 불렀다. 기수 형이었다. 살이 많이 쪄서 처음엔 알아보지 못했지만, 형 특유의 장발 펌 스타일은 여전했다.

기수 형을 처음 만난 곳은 낙원상가 김박사네 가게였다. 당시 나는 기타 하나만을 달랑 들고 집을 나와 상가 인근 쪽방에서 지내고 있었다. 거리에는 말로만 듣던 기타의 고수들이 수시로 출몰했다. 낮이면 여기저기 허드렛일을 하고 다니다 밤이 되면 쪽방에서 낮에 보아두었던 고수들의 주법을 연습했다. 몇 번 가출을 시도해보았지만, 정말이지 이번엔 어떡하든 끝장을 보고 싶었다. 안 되면 어디 산속에라도 들어가 죽어버릴 작정이었다. 밤마다 다짐하며 눈을 감았고 아침에 일어나면 그 마음이 그대로 남아 있었다. 하나라도 더 배우려고 열심히 여기저기를 기웃거렸다. 그러다 김박사를 만났다.

김박사는 내 눈빛이 마음에 든다고 했다. 자신의 젊을 때 모습을 보는 것 같다고도 했다. 부모를 일찍 잃고 할머니 손에 자란 것하며, 학교에 적응하지 못하고 중간에 때려치운 것도 똑같다고 했다. 밥때에 가게 앞을 지나가면 일부러 불러 밥을 사주었다. 그는 기타는 물론이고 악기에 관해서라면 모르는 게 없어서 낙원상가에서는 박사로 통했다. 자상한 성격은 아니었지만 내게는 이런저런 것들을 알려주었다.

나는 김박사가 시키는 심부름을 하거나 늦은 시간에 들러 가게를 정리해주었다. 김박사는 내게 악기 수리하는 일을 돕게 하다 나중엔 간단한 일을 맡기기도 했다. 일정하지는 않았지만 김박사가 가끔씩 용돈도 챙겨주었다. 쪽방 월세를 낼 만큼은 되었다. 김박사가 내게 언제든 가게에서 기타 연습을 해도 좋다고 했을 때는 마치 마음씨 좋은 부모에게 입양된 듯한 기분이 들었다. 그렇게 지내던 중 김박사

가게에 기타를 수리하러 들른 기수 형을 만났다.

형은 가게 구석에서 기타를 연습하고 있던 나를 물끄러미 바라보았다. 잠시 기타를 내려놓는 사이 형이 말을 걸어왔다. 기술은 좀 부족한데 소리가 좋다고 했다. 기술이야 배우면 되지만 소리는 배워서 내는 게 아니라 했다. 함께 밥이나 먹자고 해서 따라나섰다가, 그 길로 형이 리더로 있는 밴드 멤버가 되었다.

언젠가 술을 마시다 기수 형이 안주로 나온 삶은 골뱅이를 껍질에서 꺼내며 말했다. 김박사 가게에서 나를 처음 보았을 때 삶은 골뱅이가 생각났다고. 척추를 동그랗게 말고, 기타 울림통이 마치 껍질인 양 한사코 그 안으로 들어가려 애쓰는 모습이 꼭 그랬다고. 흑인 블루스에나 있는 슬픔이 내 기타 소리에 있었는데 그게 착 가라앉지 않은 명랑한 슬픔이어서 좋았다고. 영미에게서도 비슷한 얘길 들은 적이 있다. 언제부터 자기가 나를 좋아하게 됐는지 아느냐고 영미가 물었다. "자기가 밴드 대기실에 앉아 커피 잔을 뉘적뉘적 젓는 모습이 그렇게 쓸쓸해보일 수가 없었어."

내가 사람들과 잘 어울리지 못하는 걸 알아보고 기수 형은 내게 특별히 신경을 써주었다. 그런데 가만 보면 기수 형은 나뿐만 아니라 모든 사람들과 일종의 특별한 관계를 만드는 것 같았다. 형은 거리를 잘 조절하는 사람이었다. 이는 물리적인 거리가 아니라 사람과 사람 사이에 걸친 감정과 의지의 긴장상태를 말한다. 그것은 표정이나 말투 몸짓에서 드러나는데, 기수 형은 그것들을 적절히 조절해서 자신이 원하는 방식으로 상대방이 움직이도록 만들었다. 상대방은 형의 의도에 따른 결정을 내리면서도 스스로의 의지에 따라 행동을 하는 거라 생각했다.

그렇다고 기수 형 때문에 피해를 본 기억은 없다. 적어도 내 경우는 그랬다. 기수 형이 갑자기 사라지고 나서도 사람들은 한동안 나이트클럽 사장만 욕했다. 기수 형이 웨이터들과 여종업원들과 밴드 멤버들을 사장의 횡포로부터 막아주고 있었는데 결국 사장과 의견 다툼이 심해져서 그만두게 되었다는 소문이 돌았다. 형이 떠난 자리를 형의 무용담이 채우고 있었다. 사장이 기수 형에게 밴드의 석달치 공연료를 선불로 주었고, 형이 웨이터들과 심지어 영미 친구들에게까지 돈을 빌렸다는 사실이 밝혀지기 전까진 그랬다.

나이트클럽 같은 곳에서 음악을 하는 애들치고 외롭지 않은 사람은 없었을 터이므로, 정도의 차이는 있겠지만 작든 크든 기수 형에게 의지하는 마음이 있었을 것이다. 우리는 외로운 청춘을 위로해준 대가로 석달치 급여를 퉁 쳐버리자고 마음먹었다. 어쩌면 우리는 그것을 이미 알고 있었기에 공연 짬에 어떤 야식을 시켜 먹을지, 어느 다방에서 커피를 배달해 마실 것인지와 같은 사소한 결정에서조차 기수 형이 원하는 음식을 먹고 형이 원하는 다방에서 커피를 시켰을지 모른다.

하지만 영등포 나이트클럽 주변의 하고많은 다방 중에서 하필 영미가 커피를 배달 왔던 것 하며, 노란 헬멧 아래 동그랗게 박혀 있던 영미의 당돌한 눈빛과 빨간 미니스커트에 눈이 번쩍 뜨였던 것까지 형의 영향력 아래 일어난 일이라 믿고 싶지는 않다. 그것은 나의 외로움의 영향력 때문에 일어난 일이었다. 영미의 병아리처럼 노란 헬멧이나 훤히 드러나보이는 탱탱한 허벅지가 형의 영향권을 넘어서 나의 외로움과 직접 접촉한 것이다. 영미는 자기 당번이 아닌 날에도 밴드 대기실에 커피가 든 보온병을 들고 나타났고, 비번인 날에는 나이트클럽에 와서 춤을 추었다. 영미는 밴드의 회식자리에도 자연스레 끼는 사이가 되었다. 그러다 짐을 싸들고 내 원룸으로 들어와 눌러앉아버린 게 언제인지 기억조차 아슴푸레하다.

*

강원도 변방의 작은 도시에 위치하지만 기수 형이 일하고 있는 나이트클럽은 겉보기와는 사뭇 달랐다. 클럽 사장이 바뀌며 인테리어도 새로 꾸며서 예전 영등포 업소보다 나으면 나았지 못하지 않았다. 밴드는 기타와 베이스, 키보드, 드럼으로 이루어진 4인조였다. 형은 예전처럼 베이스기타를 맡고 있었다. 기수 형이 어디서 기타를 하나 구해다주었다. 나는 여관에서 나와 밴드 대기실 소파에서 쪽잠을 잤다. 그러다 형이 소개해준 이곳 고시원에 들어오게 되었다. 고시원 생활에 익숙해지면서 영미에 대한 생각도 조금씩 잊어갔다.

새벽에 일을 마치고 돌아오면 곧장 방으로 가지 않고 옥상으로 올라갔다. 고시원 옥상에는 누군가 이사할 때 두고 간 역기가 있었다. 깡통에 시멘트를 부어 만든 조악한 물건이라 애초에 가져갈 생각도 없었을 것이다. 그러니 기증이라기보다 유기에 가까운 물건이었다. 사과상자 세 개를 나란히 늘어놓은 역기 벤치는 시멘트 덩어리와 잘 어울렸다. 일이 끝나면 옥상에서 어깨가 뻑뻑해지도록 역기를 들어 올렸다. 벤치에 누워 하늘을 보면 별이 성긴 새벽하늘이 지평선에서부터 서서히 밝아왔다. 가끔 영미가 생각났지만 마치 먼 옛날 일처럼 희미하게 느껴졌다. 나는 담배를 한 대 피우고 옥상을 내려왔다.

어느 날 일을 마치고 옥상에 올라와보니 한 여자가 역기 벤치에 앉아 있었다. 초가을이라 쌀쌀했는데 여자는 무릎까지 올라온 민소매 원피스를 입고 있었다. 밋밋한 직사각형 몸통에서 마른 가지 같은 팔이 길게 뻗어나오고 그 끝에 괴상한 털 뭉치 하나가 매달려 있었다.

"펑유朋友."

여자가 부르자 털뭉치가 꿈틀거렸다. "끼깅 끼깅" 꼬리를 흔드는 녀석의 털이 지저분했다.

여자가 개를 안은 채 바닥에 내려놓은 비닐봉지에서 담배를 꺼냈다.

"불 좀 빌릴 수 있어요?"

역기 앞에 뻘쭘히 서서 담배를 피우고 있는 내게 여자가 말했다. 바람이 나무를 스치며 나는 마르고 가는 목소리였다. 나는 상자에 앉아 있는 여자에게 다가가 라이터로 불을 붙여주었다.

"좀 앉으세요."

여자가 자리를 비켜 앉으며 말했다. 여자와 나는 나란히 앉아 담배를 피웠다. 여자에게서 술 냄새가 풍겼다. 진한 향수 냄새와 섞여 역

겨웠다.

"이 상자 아저씨 거예요?"

사실 상자에 누워 역기를 들어올리긴 하지만 내 거라고 말할 수는 없었다. 누가 소유하고 말고 할 가치가 있는 물건도 아니었다. 관리실 최씨가 어느 날 갑자기 망치로 부셔서 옥상 구석에 처박아놓는다 해도 아무도 상관하지 않을 것이었다.

"그게 주인이 따로 있고 그런 건 아닙니다."

"그럼 우리 펑유 집으로 써도 되겠네요?"

"그야 그렇지만…."

내 말이 채 끝나기 전에 여자가 상자에서 일어섰다. 여자가 상자를 안고 성큼성큼 옥상 구석으로 걸어갔다. 털뭉치가 여자 뒤를 절름거리며 따라갔다.

"후이짜(집에 들어가)."

털뭉치가 상자 속으로 폴짝 뛰어들어갔다. 여자가 내 쪽으로 다시 성큼성큼 걸어왔다. 여자는 내 옆에 앉아 담배를 꺼내 물었다.

"우리 펑유는 무서워하는 게 많아요. 펑유는 세상 모든 걸 무서워하죠."

담배에 불을 붙여주자 여자가 길게 한 모금을 들이켰다.

"펑유가 크게 짖는 걸 한번도 보지 못했어요."

나는 담배를 마저 피우고 자리에서 일어났다. 방으로 들어오고 나서 조금 있으니 옆방 문이 열리는 기척이 났다. 304호에서 여자가 혼자 중얼거리는 소리가 들렸다. 중국말 같았다. 영미가 중국어 회화를 배운다며 원룸을 중얼대며 걷던 모습이 떠올랐다.

*

낙원 악기상가에 명기가 나타났다는 소문이 들려온 것은 영미가 원룸에 쳐들어온 지 반 년쯤 지날 무렵이었다. 깁슨이라고 했다. 그런데 깁슨도 깁슨 나름이었다. 이번에 나타난 깁슨 기타는 몸체에 어느 유명 기타리스트의 사인이 들어가 있다고 했다. 얼마 전 작고한 그는 하드록 계의 전설적인 기타리스트였다. 말이 중고지 길이 잘 든 중고는 새 것보다 더 쳐주었다. 그러자 그것을 손에 넣으려는 기타리스트들이 낙원상가를 번질나게 드나들기 시작했다.

깁슨이 김박사의 손에 들어간 것까지는 행운이었다. 하지만 천오백만 원이란 가격은 행운을 넘어서는 액수였다. 그동안 모아놓은 돈과 가지고 있는 이런저런 악기들을 모두 팔아도 천만 원 남짓했다. 오디오에 빠진 사람들이 마음에 드는 물건이 나타나면 밤잠을 설치다 결국 집까지 판다는 얘길 들은 적이 있다. 비록 팔 집은 없었지만 원룸 보증금을 빼내 길거리에 나앉더라도 깁슨을 갖게 된다면 기쁜 마음으로 별을 보며 밤을 샐 수 있을 것 같았다. 나는 밥맛도 잃은 채 실성한 사람처럼 정신이 나가 있었다.

영미가 김박사네 가게에 가보자고 했다. 깁슨이 도대체 어떻게 생겼는지 구경이나 한번 해보자는 것이었다. 밴드 생활을 하면서도 가끔 김박사네 가게에 들르곤 했다. 기타를 수리하거나 새로 들어온 악기를 구경했다. 영미와도 몇 번 함께 간 적이 있었다. 며칠 사이 내 몰골이 말이 아니게 수척해져서 원룸 밖으로 나가고 싶지 않았다. 그보다 깁슨을 보면 더 속이 상할 것 같았다. 먹지 못할 떡. 차라리 안 보는 게 낫겠다 싶었다. 알아서 하라고 말하고 돌아누웠다가 그길로 깜박 잠이 들었다.

새벽에 인기척에 깨어보니 영미가 돌아와 옷을 갈아입고 있었다. 불도 켜지 않고 씻지도 않고 침대 위로 올라오더니 내게 등을 돌리고 누웠다. 내가 덮은 이불을 거칠게 당겨 머리 위까지 끌어올렸다. 이불이 들썩이며 술 냄새가 풍겨왔다. 나는 졸음이 밀려와 눈을 감아버렸다.

며칠 후 김박사에게서 연락이 왔다. 천만 원에 깁슨을 팔 테니 혹시 살 의향이 있냐고 물었다. 그 가격에 나올 물건이 아니었다. "오빠 잘됐다, 잘됐어." 영미가 눈을 연신 깜박거렸다. 무언가 꺼림직할 때 나오는 버릇이었다. 나는 깁슨이 손에 들어왔단 사실에 흥분되어 영미가 눈을 깜박이든 말든 상관할 겨를이 없었다.

"축하해, 꺼거哥哥."

영미는 동대문에서 옷가게를 하는 아는 언니에게 중국말을 좀 할 줄 알면 중국 보따리상들과 거래를 터서 돈을 벌 수 있단 얘길 들었다고 했다. 그 후로 어디서 중국어 회화책을 하나 구해 혼자 중얼거리며 공부를 했다. 가끔 내게 배운 걸 써먹곤 하더니 언제부턴가 나를 '꺼거'라 불렀다. 중국말로 '오빠'라는 뜻이라고 했다. 그러면서 '야오치 파마(밥 먹을래?)' '차알러 쿠어 알니(자기 나 사랑해?)' '야오 시차

오하(한번 할래?)' 같은 말들을 장난스럽게 쓰곤 했다. 돈이 모이면 조그만 옷가게를 하나 차릴 거라 했다. 그럴 때면 영미는 붉은 잇몸을 싱싱하게 드러내고 환하게 웃었다.

나는 기분이 한껏 좋아져서 영미에게 한마디 해주었다.

"꺼거라고? 또 짱깨 말이냐?"

영미 눈꺼풀이 파르르 떨리는 걸 보았지만 깁슨을 차지한 기분에 들떠 그냥 모르는 척해버렸다.

*

'잠시만 펑유를 맡아줘요. 오빠가 곧 찾으러 올 거예요. 우리 사이 아직 펑유 맞죠?'

관리실 최씨가 304호 여자 방을 정리하다 발견했다며 쪽지를 내밀었다. 경찰에 신고하기 전에 방안을 슬쩍 둘러보았는데 책상 위에 쪽지가 있었다고 했다. 겉에 '305호 보세요'란 글씨가 쓰여 있어 가져왔다고 했다.

"경찰 손에 들어가면 나중에 고시원이 시끄럽지 않겠어? 별 내용도 아닌 것 같고…."

그럼 그렇지. 쪽지를 펼쳐보지 않을 최씨가 아니었다.

"그런데 펑유가 뭐야?"

쪽지를 건네는 최씨 눈꼬리가 살짝 말리며 음흉한 웃음이 비쳤다. 나는 최씨의 시선을 뒤로한 채 옥상으로 올라갔다.

개는 상자 안에 웅크리고 있었다. 컴컴한 구석에 코를 박고 인기척이 나도 꼼짝하지 않았다. 상자 앞에 그릇이 놓여 있었다. 바닥에 바짝 마른 사료 몇 조각이 붙어 있었다. 어디가 아픈 게 아닌지 상자 안에 손을 넣어보았다. 나지막이 으르렁거리는 소리가 들렸다. 털은 거칠게 엉켜 있었고 그 아래 만져지는 몸은 뼈부터 손에 닿았다. 개가 낮게 소리를 내며 부르르 떨었다. 개는 평소에도 추위를 잘 탔다. 털이 윤기가 없고 듬성듬성 나 있어서 그런지도 몰랐다.

고시원 앞 편의점에 애완동물 사료가 있다는 생각이 났다. 개를 상자 안에 두고 옥상을 내려왔다. 고시원 앞 공터에 건물터를 닦는 공사가 시작되자 나는 이 황량한 곳에 무슨 용도로 건물이 들어설지 궁금해졌다. 한 달 만에 단층 철재 조립식 건물이 들어서고 편의점 간판에 불이 들어왔을 때도 나는 경기가 바닥을 치는 이런 시기에 도대체 어쩔 셈인지 걱정까지 되었다. 밤새 불을 켜놓고 아르바이트생이 앉아 있긴 했지만 두어 달이나 가려는지 싶었다.

언젠가 밤중에 담배를 사러갔다가 출출한 김에 컵라면을 하나 먹고 온 적이 있었다. 뜨거운 물을 플라스틱 용기에 담고 기다리는 동안 사람들이 하나둘 들어왔다. 드문드문 그러나 끊어지지 않고 무언가를 비닐봉투에 담아 흐느적거리며 편의점 문을 나섰다. 마치 한밤중 길가에 세워진 가로등에 날아드는 하루살이들 같았다. 낮에는 숲속 그늘진 곳에 숨어 있다가 밤이 되면 불빛을 보고 날아드는 벌레들처럼 그들 또한 환할 땐 어딘가에 숨어 있다 어두워지면 불을 밝힌 편의점으로 모여들었다.

고시원 사람들의 시간대는 크게 둘로 나뉘었다. 아침 일찍 고시원을 나서서 밤 늦게 돌아오거나, 저녁 어스름에 나가서 아침에 돌아오는 두 부류였다. 그들을 각각 참새와 올빼미 족이라 부른다면 나와 여자는 올빼미 쪽에 속했다. 옆방 여자는 그보다 부엉이족이라 불러야 맞겠다. 부엉이라면 여자는 비쩍 마른 부엉이였다. 팔다리가 나뭇가지처럼 가늘고 거칠어 나무에 앉아 있으면 이파리 틈으로 두 눈만 퀭하게 보였을 것이다.

언젠가 여자와 편의점에서 마주친 적이 있었다. 여자는 개에게 줄 사료를 고르고 있었다. 여자와 눈을 마주쳤지만 아는 척하지는 않았다. 고시원 사람들은 될 수 있으면 서로 아는 척을 하지 않는다. 세상에서 이골이 나도록 치어온 사람들은 새로운 관계를 맺기를 꺼려했다. 나부터 그랬다. 이제껏 알아온 사람들과의 기억만으로도 차고 넘쳐서 그곳에 빠져죽을 지경이었다. 관리실 최씨만이 유일하게 타인에게 관심을 보이는 별종이었지만 최씨 또한 자신이 그어놓은 선이 있어서 누군가 그 선을 넘어서면 두더지처럼 자신이 파놓은 굴로 숨어들었다. 고시원 사람들의 방은 스스로 파고 들어간 자신들만의 굴인 셈이었다.

여자는 개 사료를 파는 진열대 앞에 서 있었다. 빠른 걸음으로 지나려는데 여자가 나를 보더니 눈을 동그랗게 뜨고 반가워했다.

"우리 옥상에서 만났죠?"

여자는 진열대에서 빨간 포장지 사료를 꺼내 바구니에 담았다.

"평유 줄 거예요. 평유는 이것만 먹어요."

여자는 바구니 가득 사료를 담아 계산대로 갔다.

"우리 평유 아시죠? 왜 전에 옥상에서 보았던…."

여자가 계산을 하다 말고 내 쪽을 돌아보았다.

"바쁘지 않으면 커피 한잔 사드리고 싶은데, 괜찮죠?"

잠시 머뭇거리는 사이 여자가 종이컵을 빼들고 성큼성큼 커피머신 쪽으로 갔다. 편의점 구석 테이블에 앉아 기다리는 동안 여자가 커피 두 잔을 뽑아왔다.

"꼭 한번 인사드리려고 했어요. 그때는 정말 고마웠어요."

그러니까 여자는 비가 내리던 그날을 말하고 있었다.

여자를 옥상에서 만나고 한 달쯤 지났을 때였다. 일이 끝나고 옥상에 올라와보니 밤새 비가 내렸는지 시멘트 바닥이 축축했다. 어디선가 가느다랗게 낑낑거리는 소리가 들려왔다. 평유의 상자가 있는 쪽이었다. 상자 안까지 비가 쳐들어와 개가 젖어서 오돌오돌 떨고 있었다.

옥상 한쪽에는 부서진 책장이나 책꽂이 같은 것들이 쌓여 있었다. 그곳에서 쓸 만한 합판이나 판자 조각을 찾아보았다. 낡은 건물을 수리하느라 최씨는 웬만한 목공 연장은 다 가지고 있었다. 관리실에서 최씨는 막걸리를 마시고 있었다. 최씨가 어디에 쓸 거냐고 물었다. 역기 들 때 누울 상자 하나 짜려한다고 했더니 별말 없이 내주었다. 그런 게 있는지 알 수 없지만 최씨 말에 따르면 고시원 운영규칙상 애완동물은 들이면 안 된다고 했다. 하지만 최씨는 여자가 개를 데리고 있는 걸 알고 있는 것 같았다. 여자가 최씨에게 몰래 봉투를 건네는 걸 본 적도 있었다. 가끔은 관리실에 술과 안주도 넣어주는 눈치였다.

갈라진 상자의 틈에 적당한 크기의 판자를 골라 덧대주었다. 튼튼해진 벽 위에 널빤지를 가지런히 붙여 지붕을 올렸다. 상자 한 면을 톱으로 잘라 입구를 냈더니 제법 개집 모양이 나왔다. 의류수거함에서 헌 옷가지와 낡은 방석을 가져와 바닥에 깔아주었다. 최씨에게 빌린 연장을 챙겨 옥상을 내려가는데 여자가 올라왔다. 계단을 내려가는데 옥상에서 낮은 탄성이 들렸다.

이튿날 새벽에 일을 마치고 돌아와보니 305호 방 손잡이에 맥주와 담배가 든 봉지가 걸려 있었다. 편지도 함께 들어 있었다.

'고맙습니다. 304호 펑유가. 참, 펑유가 친구란 뜻인 건 아시죠?'

애완동물용품 진열대에서 여자가 고르던 빨간 포장의 사료를 찾았다. 빨간 포장은 두 종류가 있었다. 두 가지 모두를 바구니에 담았다. 1리터들이 생수도 함께 계산대 위에 올렸다. 밤새 비가 내려 몸이 흠뻑 젖었어도 정작 한 모금 마실 물은 없었을 테니까.

그릇에 생수를 조금 부어 바닥에 말라붙은 사료와 흙먼지를 씻어냈다. 그릇에 물을 가득 채웠다. 상자 안에 손을 넣어도 개는 으르렁대지 않았다. 상자에서 개를 꺼내 물이 담긴 그릇을 내밀었다. 개가 허겁지겁 물을 핥아먹었다. 혀가 바짝 말라 있었다. 빨간 포장의 사료 하나를 뜯었다. 바닥까지 싹싹 핥은 그릇은 깨끗했다. 그릇에 사료를 부었다. 코를 대고 킁킁거리더니 고개를 돌렸다. 사료를 바닥에 쏟아버리고 다른 포장을 뜯어 그릇에 덜었다. 냄새를 맡더니 사료를 먹기 시작했다. 배가 많이 고팠을 텐데도 급하게 먹지 않았다. 사료 하나하나를 음미하듯 천천히 먹었다.

“평유, 많이 먹어.”

그릇에 코를 박고 있던 개가 꼬리를 흔들었다. 나는 “평유”라고 한 번 더 불러보았다. 개가 다시 꼬리를 흔들었다. “평유.” “평유.” 나는 개가 꼬리를 흔드는 모습이 신기해 자꾸 불러보았다. 그러자 개가 꼬리를 흔들 뿐 아니라 팔짝팔짝 뛰면서 좋아하던 모습이 떠올랐다. 평소처럼 옥상에서 역기를 들어올리고 있었다. 옥상으로 올라온 여자가 개의 목에 줄을 걸었다. “추취 싼뿌 쩐머양出去散步怎么样?” 여자 말에 개가 팔짝팔짝 뛰었다. 여자 주위를 빙글빙글 돌며 가슴까지 뛰어올랐다. 절름거리며 축 늘어져 있던 모습은 간데없었다. 개를 안고 옥상을 내려가던 여자가 말했다. “평유한테 산책하러 가자고 한 거예요.”

*

영미가 M시에 있는 것 같다고 기수 형이 말했다. M시는 이곳에서 차로 한 시간 거리에 있는 작은 항구도시였다. 영미가 그곳 선창가 횟집에서 일하는 걸 깡통이 보았다고 했다. 깡통은 예전에 기수 형과 함께 영등포에서 일할 때 드럼을 치던 밴드 멤버였다. 나는 그를 깡통 형이라 불렀고 그는 나를 기타 씨라 불렀다. 그는 나보다 두 살 위였지만, 거구에다 콧수염을 기르고 있어서 열 살은 더 들어보였다. 깡통을 만났는데 영미가 M시의 한 횟집에서 서빙 일을 하는 걸 우연히 보았다는 것이었다. 영미가 나와 좋지 않게 헤어진 게 생각나서 그냥 모르는 척 나왔다고 했다.

영미가 있는 곳을 알았지만 생각보다 담담했다. 일 년 전 일이 까마득한 옛날처럼 느껴졌다. 기억은 바닷가 모래사장에 쓴 글씨와 같아서 시간의 파도가 들어오고 나가며 하나둘 지워졌다. 나쁜 기억, 아픈 기억들이 먼저 사라졌다. 스스로를 보호하려는 본능 같았다. 이제는 영미를 생각하면 중국어 회화책을 들고 혼자 깔깔대며 원룸을 오가거나, 아침에 눈을 뜨면 환한 햇살이 드는 방 안 침대맡에 앉아 내 얼굴을 빤히 들여다보거나, 기타를 연습하고 있으면 가만 옆에 앉아 고개를 까닥까닥하던 장면들이 떠오른다. 가끔은 영미가 눈을 깜박이던 모습이 생각나기도 했는데 이것은 좋은 기억인지 나쁜 기억인지 나로선 좀 애매하다.

다음 날 어둑해질 무렵에야 나는 M시로 가는 버스를 탔다. 기수 형에게 하루 쉬겠다고 하자 형이 말했다. '누구나 사정이 있고 그 사정은 그 사람밖엔 아무도 모른다.' 잘 다녀오란 말 같았다. 서울에서 형이 갑자기 사라져버린 일에 대해 기수 형도 나도 얘기를 꺼낸 적은 없었다. 그래서 그 말이 마치 형 자신에게 하는 말 같기도 했다.

막상 M시가 가까워지자 영미를 만나면 무슨 말부터 해야 할지 난감했다. 깁슨 기타의 행방부터 물어야 할까, 대뜸 뺨부터 한 대 올려붙여야 하나, 아니면 '그동안 고생 많았지' 위로부터 해야 하나…. 이런저런 생각을 하다보니 M시에 도착했다는 방송이 들렸다.

깡통이 영미를 보았다는 횟집거리는 부둣가에 있었다. 굵은 밧줄에 매인 낡은 어선들이 파도에 실려 앞뒤로 흔들거렸다. 열 군데 남짓한 횟집들이 다닥다닥 붙어 늘어서 있었다. 부두에는 비릿한 바닷바람이 불어왔다. 순식간에 해가 지더니 하늘과 바다의 경계가 사라졌다. 바다가 검푸른 빛으로 변해가며 가게에 하나둘 불이 켜졌다. 공영 주차장에 차를 세운 사람들이 부두 쪽으로 천천히 걸어왔다. 그들에 섞여 횟집거리를 걸었다. 앞에 내어놓은 수족관에서 생선을 고르고 값을 흥정하는 사람들 틈으로 가게 안을 찬찬히 살펴보았다.

횟집거리가 끝나는 곳에 영미가 있었다. 주방과 홀을 오가며 밑반찬과 빈 접시를 나르고 있었다. 머리를 질끈 묶어올리고 뺨이 빨갛게 상기된 영미가 손님들과 이야기하다 말고 고개를 젖히며 까르르 웃었다. 영미는 중국어 회화책을 공부하다 말고 혼자서 웃곤 했다. "오빠, 중국말로 밥 먹었어를 뭐라 하는지 알아?" 내 대답은 기다리지 않고 영미가 혼자 대답했다. "니 츠판러마?" 내 어깨를 주먹으로 두드리며 영미가 깔깔 웃었다. "꺼거, 츠판러마? 오빠 우리 뭐 먹으러 갈래?" 영미가 잇몸을 환하게 드러내며 웃었다.

사람들에 묻혀 횟집거리를 걷다가 영미가 일하는 횟집에 다다랐을 때는 나만 혼자 남았다. 통유리를 통해 새어나온 불빛이 환했다. 다른 가게에 비해서 사람들이 많지 않았지만 영미는 부지런히 손님들 사이를 오가고 있었다. 주방을 향해 무어라고 외친 후 영미가 갑자기 통유리 방향으로 얼굴을 돌렸다. 영미가 한참을 통유리 바깥을 바라보았다. 나는 가게 빛이 비치는 환한 곳에 서 있다가 뒷걸음을 쳤다. 영미가 가게 문을 열고 밖으로 나왔다. 나는 도망치듯 그곳을 빠져나왔다.

횟집거리를 벗어나 부두 쪽으로 내려왔다. 멀리 불이 환하게 켜진 가게 통유리 안을 부지런히 오고가는 영미 모습이 조그맣게 보였다. '영미는 아직 깁슨을 갖고 있을까?' 바다는 이제 완전히 검게 변해버렸다. 멀리 수평선에 희미한 빛이 몇 개 반짝였다. 오징어잡이배일 것이다.

나는 부두에 늘어선 택시를 타고 고시원으로 돌아왔다. 고시원 하늘 위에 구름이 잔뜩 끼어 있었다. 나는 옥상으로 올라가지 않고 곧장 방으로 들어왔다. 피곤이 몰려왔다. 옷도 갈아입지 않고 바닥에 누었다. 후드득…. 비 내리는 소리가 잠결에 희미하게 들려왔다.

여자와 나는 옥상에서 상자에 나란히 앉아 있었다. 평유는 다리를 절어요. 내가 아는 어떤 사람처럼 말이죠. 여자는 내가 없는 것처럼 혼잣말로 중얼거렸다. 좋아하는 사람이 있었어요. 다리를 절었죠. 가난하다고 집에서 반대했어요. 옥상 구석에서 평유가 낑낑거리는 소리가 들렸다. 오빠는 무서운 사람이에요. 원하는 건 무슨 수를 써서도 꼭 해내고 말죠. 화장기 없는 여자 얼굴에는 기미가 잔뜩 끼어 있었다. 어쩌면 사람을 그렇게 망가뜨릴 수가 있죠? 결국 오빠는 나를 찾아낼 거예요. 평유도…. 여자가 나를 돌아다보았다. 초점 없는 눈이 겁에 질려 있었다. 내 이름은 밍明이에요. 여자가 나를 보고 웃

었다. 여자 눈에서 밝은 빛이 일다 사라졌다

*

아침에 비가 조금 뿌렸지만 오후에는 날이 개었다. 산책 복장이라야 낡은 운동화에 후줄근한 추리닝이 전부였다. 옷을 찾으러 비키니 옷장을 뒤졌다. 책이 한 권 손끝에 걸렸다. 영미가 공부하던 중국어 회화책이었다. 급하게 짐을 꾸리다 옷가지와 함께 쓸려온 것 같았다. 책장을 넘겨보았다. 자기 소개, 인사하기, 식사 장면 같은 일상의 상황들이 차례로 나왔다. 친구로 보이는 젊은 남녀 둘이 개를 데리고 산책하는 장면이 있었다. 그들은 서로를 펑유라 불렀다. '친구야 우리 산책 갈까? 펑유朋, 추취 싼뿌 쩐머양出去散步怎么样?' 반대쪽 페이지에는 삽화가 실려 있었다. 두 사람 사이에서 개가 팔짝팔짝 뛰는 그림이었다.

추리닝 바지를 찾아 입고 옥상으로 갔다. 개는 평소처럼 상자 안에 있었다. 손을 넣으니 뼈가 앙상한 몸통이 만져졌다. 이제는 으르렁거리지 않고 꼬리만 살짝 흔들었다. 개를 상자에서 꺼냈다.

"추취 싼뿌 쩐머양?"

내 말이 끝나기 무섭게 펑유가 팔짝팔짝 뛰어올랐다.

고시원 비탈길을 내려오면 새로 포장된 4차선도로가 나왔다. 횡단보도를 건너 도로를 끼고 멀리 새로 지은 아파트까지 공원이 조성되어 있었다. 산책로는 공원을 가로질러 아파트 입구까지 이어졌다.

나무들이 우거지진 않았지만 고급 수종들이 정갈하게 심어져 있었다. 평유를 데리고 걷다보니 운동기구와 나무 벤치들이 들어선 쉼터가 나타났다.

벤치 다섯 개 중 가운데 두 개에 남자 둘과 여자 셋이 앉아 있었다. 그들은 각자 한두 마리의 개를 곁에 데리고 있었다. 파랗고 노랗고 빨간 옷을 앙증맞게 입은 개들이 두 개의 벤치 주변에 모여 있었다. 하나같이 털이 미끈하거나 뽀송했다. 나는 그들에게 떨어져서 끝 벤치에 앉았다. 평유는 벤치 옆 나무에 묶어놓았다. 평유는 옥상 밖으로 나갈 수는 없었지만 묶여 있진 않았다. 답답한지 평유가 낑낑거렸다. 사람들이 내 쪽을 흘끔거리며 쳐다보았다. 벤치 주변에 모여 있던 개들 중에 한 마리가 짖었다. 그러자 함께 있던 개들이 합창하듯 짖어댔다.

평유가 놀라 도망치려다 끈에 목이 걸려 휘청거렸다. 평유가 절름거리며 나무를 빙빙 돌았다. 나무에 목줄이 돌돌 말렸다. 줄에 목이 당겨지자 평유가 컥컥 소리를 냈다. 개들이 짖는 소리가 점점 커졌다. 사람들이 수군대는 소리도 함께 들려왔다. 개들은 평유에게 짖어대고 사람들은 나를 쳐다보며 수군거렸다. 내겐 익숙한 시선이었다. 그 시선을 따라 기억들이 떠올랐다. 기타만 하나 달랑 남기고 사라져버린 아버지. 엄마마저 곁을 떠나 할머니 손에서 자란 아이. 학교에서 돌아와 빈집에서 혼자 기타를 치던 아이. 기타 하나만 달랑 들고 집을 나선 아이….

벤치에서 일어나 평유에게 갔다. 나무에 묶인 끈을 풀었다.

우리는 고시원 쪽 길로 되돌아가지 않았다. 우리는 우리를 향해 짖는 개들과 수군거리는 사람들이 있는 벤치 쪽을 향해 걸었다. 평유가 꼬리를 말고 질질 끌리듯 따라왔다. 개들이 짖는 소리가 더욱 크게 들렸다. 벤치 앞을 지날 때 나는 큰소리로 평유에게 말했다. "평유! 추취 싼뿌 쩐머양?" 평유가 팔짝팔짝 뛰었다. 개들이 더 크게 짖었다. 평유도 함께 짖기 시작했다. 개들이 계속 짖었다. 평유는 더 크게 짖었다.

'평유가 그렇게 큰소리로 짖을 수 있다니!' 나는 깜작 놀랐다.

*

산책에서 돌아오니 고시원 앞에 검은 봉고차 한 대가 서 있었다. 옥상으로 올라가 개를 상자에 넣고 방으로 왔다. 잠시 누워 있는데 방문을 두드리는 소리가 났다. 나와보니 복도에 남자 셋이 서 있었다. 둘은 체격이 크고 한 사람은 작았다. 몸집이 큰 두 사람 중 한 명은 장발에 빨간 야구 모자를 썼고, 다른 한 명은 짧은 스포츠형 머리에 가죽점퍼를 입고 있었다. 작은 몸집의 사내는 얼굴이 햇빛에 달궈진 자갈처럼 단단했다. 얼핏 순해보이는 인상이었지만 눈빛이 또렷하고 날카로웠다. 검은 양복을 단정히 차려입은 하얀 차이나칼라 위로 단도 문양의 문신이 귓불 아래까지 올라와 있었다. 사내가 야구모자에게 중국말로 무어라 말했다. 야구모자는 사내보다 머리 하나가 컸지만, 사내에게 깍듯했다. 야구모자가 내게 평유가 어디 있는지 아냐고 물었다. 어눌하지만 제법 한국말에 능숙했다.

그들과 함께 옥상으로 올라왔다. 개는 상자 안 깊숙이 들어가 있었다. 그새 날이 저물어 일행 중 한 명이 전등으로 상자 입구를 비췄다. 고개를 숙여 안을 한참 들여다보더니 그가 어리둥절한 표정을 지었다.

"펑유시커우마?(펑유가 개였어?)"

내가 상자에 앉아 기다리는 동안 그들은 내게 좀 떨어진 곳에서 한참 무언가 이야기를 했다. 중국어로 하는 얘기라 알아듣지 못했지만 펑유라는 말이 중간중간 들려왔다. 이야기가 끝났는지 야구모자가 내게 와서 여자의 방으로 안내해달라고 했다. 304호 방을 치우지 않아서 여자가 쓰던 화장대와 옷장, 침대가 그대로 있었다. 나는 자꾸만 벽에 박힌 못에 눈이 갔다.

스포츠머리가 나가더니 봉고에서 검고 윤이 나는 항아리와 향을 가져왔다. 야구모자가 문신 사내에게 향을 건넸다. 스포츠머리가 라이터를 켜 향에 불을 붙였다. 문신 사내가 신발을 벗은 후 304호로 들어갔다. 사내가 두 손으로 향을 받쳐 들고 방안을 돌며 구석구석 연기를 쪼였다. 나머지 둘도 신발을 벗고 304호로 들어가 사내 뒤를 따라 방안을 돌았다. 야구모자는 항아리를 가슴에 조심스레 안고 있었다. 304호를 한 바퀴 돌고나서 셋은 방에서 나왔다.

그들은 고시원 갓길에 세워둔 봉고차로 갔다. 스포츠머리가 차 트렁크에서 야전삽과 괭이를 꺼내 보스턴백에 담았다. 가방이 작아서 열린 틈으로 삽과 괭이의 손잡이가 삐죽 튀어나왔다. 문신 사내가 뭐라 말하자 스포츠머리가 고시원 안으로 사라졌다. 야구모자가 근처에 혹시 야산 같은 곳이 있는지 물었다. 편의점 뒤로 난 오솔길로 농가와 텃밭을 지나 30분쯤 가면 산으로 올라가는 등산로가 보인다고 알려주었다. 고시원으로 들어간 스포츠머리가 평유를 안고 왔다. 보스턴백을 든 야구모자와 개를 안은 스포츠머리와 문신 사내가 도로를 건너 편의점 뒤로 사라졌다.

나는 고시원으로 돌아와 304호와 맞댄 칸막이벽에 등을 기대고 앉았다. 벽을 똑똑 두드려 보았다. 여자도 벽을 두드렸을까? 벽에 매달려 버둥거리며 두드렸을지도 모른다. 그러고보니 잠결에 무슨 소리를 들은 것 같기도 했다. 그랬다. 그날도 잠결에 영미가 조그맣게 우는 소리를 들은 것 같다. 밤새 뒤척이는 소리…. 그래 생각난다. 눈을 깜박이는 영미. 중국어 회화를 공부하던 영미. 깔깔거리며 웃는 영미. 환히 드러난 잇몸과 영미의 노란 헬멧. 병아리 같은….

나는 영미가 깁슨을 가지고 있다면 좋겠지만 그렇지 않아도 상관없단 생각이 들었다. 평유를 데리고 산책이라도 하려면 어디 원룸이라도 알아봐야 하지 않을까? 평유가 중국말에 익숙하니 영미와 금방 친해지겠지?

나는 마음이 급해져서 고시원을 나와 편의점 뒤로 난 오솔길을 향해 뛰었다. 야산 입구가 보이는 비탈에 도착했을 때 숨이 턱에 차올랐다. 나는 헐떡거리며 비탈에 올라섰다. 멀리 등산길로 접어드는 사내들의 모습이 보였다.

그들만의 세상

그들만의 세상

43,252,003,274,489,856,000은 4.325의 10의 19제곱이며 4천3백2십5경 제곱으로 읽는다. 한 면이 9조각인 3*3 큐브가 만들어내는 경우의 수이다. 한 면이 16조각인 4*4 큐브는 7의 10의 45제곱, 5*5 큐브는 2.8의 10의 74제곱이 된다. 12면체 테라밍크스 큐브는 경우의 수가 10의 574제곱이다. 원숭이가 아무렇게나 타자기를 두드려서 셰익스피어의 햄릿을 써낼 확률이라 할 수 있다.

준이 야자수 열매만 한 테라밍크스 큐브를 두 손에 받쳐들고 가느다란 손가락을 꼼지락거려 12면체 큐브를 맞추고 있으면 사람들이 다가와 신기한 듯 바라보았다. 그러다 각각 다른 열두 색깔 큐브 조각들이 서서히 모여 열두 면을 같은 색으로 만들면 탄성을 질렀다.

막상 준은 자신의 손가락 관절들을 비틀어 큐브 블록들을 하나둘 이동하는 이러한 과정이 10의 574제곱이라는 어마어마한 경우의 수를 넘나든다는 생각은 해본 적이 없다. 준이 큐브를 맞추면서 확률에 관한 특별한 공식을 이용하는 것은 아니었다. 준에게도 어떤 의미에서 비법이랄 만한 게 있었는데 언젠가 사람들이 궁금해하자 알려주려 몇 번 시도해본 적이 있었다. 그러나 준은 그것이 큐브를 맞추는 일보다 훨씬 어렵다는 것을 깨달았다. 그 비결이라는 게 보기에 따라 터무니없이 여겨질 수도 있었다.

준은 큐브를 거꾸로 맞췄다. 말하자면 처음 열두면 큐브 조각들이 각자 동일한 색으로 정확히 맞추어져 있던 것이 어떻게 이 지경으로 엉망이 되어버렸는지를 거슬러 상상해보는 것이었다. 그러면 처음에 질서정연하게 12면 입방체를 구성하던 블록들이 흩어진 과정이 눈앞에 선명히 떠올랐다. 그 다음 그것들이 이동한 동선이 머릿속에 전류처럼 찌릿찌릿 흔적을 남겼다. 준은 그 흔적을 거슬러올라갔다. 제대로 된 길을 찾으면 지나온 길만큼의 흔적이 지워졌다. 그렇지 않으면 또 다른 자극들이 머릿속에 찌릿찌릿 전해져왔다. 준은 그 길을 다시 더듬어올라갔다. 그러다보면 마침내 최초의 질서를 회복한 12면체 큐브가 준의 손 안에서 완벽한 아름다움으로 빛나는 것이었다.

준은 큐브를 맞추는 방법을 사람들에게 설명하려고 하면 언제나 전기가 찌릿하는 부분에서 막혀버리곤 했다. 정말이지 준은 나름대로 최선을 다했다. 하지만 그들은 준의 손가락이 얼마나 가늘고 여려 보이는지, 정확하게 12면체의 색들을 모아 큐브를 완성해가는 손가락의 관절들은 또 얼마나 불안하게 흐느적거리는지, 그런 것들에만 관심을 두었다. 그건 값이 얼마나 하니? 이런 건 대체 어디서 살 수 있는 거니? 그런 시간에 할 수 있는 좀 더 유익한 일을 찾아보는 건 어떻겠니? 신기한 듯 바라보는 사람들의 표정에서 준은 그들이 하고 싶어하는 말을 읽을 수 있었다.

사람들이 준의 설명을 이해하지 못하더라도 그건 준의 탓이 아니었다. 준은 사과를 칼로 쪼개듯, 그릇에 물을 담듯, 큐브를 맞췄다. 그런 세상은 준에게는 너무나 당연해서 설명할 필요가 없이 명백했다.

준은 하늘에 떠 있는 구름과 나뭇잎의 잎맥들을 기억해두었다가 곰곰이 생각해 그것들의 공통점을 찾아냈다. 구름은 바람과 날씨에 따라, 잎맥은 계절과 온도에 따라 일종의 패턴을 보였다. 준은 사람들의 표정 또한 그것과 크게 다르지 않음을 알았다. 80여 개의 안면 근육은 수축과 이완을 통해 수천 가지 표정의 조합을 만들어냈다. 준은 그것들의 패턴을 읽으려 노력했다. 준에게 그것은 큐브를 맞추는 것과 별반 다르지 않았다. 준은 사람들의 표정을 말과 행동과 당시 분위기와 연결시켜 기억하였다. 그리고 각각의 경우의 수들을 모아 분류했다. 준이 즐겨보는 백과사전에는 그렇게 분류한 표정의 패턴들이 몇몇 단어로 기술되어 있었다. 예를 들면 슬픔, 기쁨, 공포, 불안 같은 단어였다.

처음에는 이러한 분류작업이 생각보다 쉽지 않았다. 눈물을 흘리는 패턴을 분류할 때도 그랬다. 준이 파악한 눈물을 흘리는 과정은 다음과 같다. 1. 교감신경의 자극으로 안면신경의 관골분지를 통해 전달된 전기신호가 눈물샘을 수축한다. 2. 눈물샘에 저장되었던 액체가 관을 통해 빠져나온다. 3. 액체가 결막을 적시고 그 잉여분이 넘쳐 눈꺼풀 사이로 흘러나온다. 그러나 이러한 과정은 슬픔뿐 아니라 공포나 불안, 기쁨에서도 나타났다. 사람들은 무서울 때나 기쁠 때나 눈물을 흘렸다. 준은 그러한 차이들을 구분해서 분류하는데 적지 않은 어려움을 겪었다. 사람의 얼굴에서 나오는 표정의 패턴들은 큐브와 달리 단순한 확률의 문제와는 다른 측면이 있었다. 은지의 경우만 해도 그랬다.

준은 처음 은지를 만난 날을 기억한다. 은지는 빨간 치마에 하얀 블라우스를 입고 목에는 노란 손수건을 두르고 있었다. 빨갛고 노랗고 하얀 색들이 은지의 얼굴과 결합하여 만들어낸 패턴은 이제껏 준이 보아온 것들과는 사뭇 달랐다.

은지의 얼굴 또한 일반적인 확률의 법칙에서 벗어나 있었다. 우선 눈과 눈 사이가 멀리 떨어져 있었다. 눈썹초리를 향해 비스듬히 그어진 가느다란 눈꼬리와 그곳으로부터 흘러내린 볼의 곡선 또한 낯설었다. 인중 아래로 우물처럼 패인 입은 반쯤 벌어져 있었고, 혀가 밀려나와 입 주변이 항상 침으로 번질거렸다. 은지가 입을 벌리고 있으면 대개는 아무 생각 없이 멍한 상태로 있는 것처럼 보였지만, 때로는 그것 때문에 무언가 골똘히 생각하는 듯 보이기도 했다.

사실 은지도 무언가를 열심히 생각하긴 했다. 오히려 언제나 열심히 생각하려고 했다. 가령 이런 것들이다. 사람 몸에는 염색체라는 게 들어 있는데 은지는 그것들이 하나 더 많은 상태로 태어난 거라 했다. 그런 아이들은 심장이 약해서 온몸으로 피를 잘 보내지 못했다. 은지는 자주 숨이 찼다. 그래서 다른 아이들보다 숨을 더 깊이 들이마셔야 했다. 가끔은 숨이 코끝까지 차올랐다. 그럴 때면 하늘이 노란 색으로 보였다. 은지에게는 이상한 일은 아니었다. 조금만 움직이면 숨이 차고 어김 없이 예쁜 노란 색으로 물드는 곳. 은지에게 세상은 그런 곳이었다. 은지가 입술이 파랗게 변해 숨을 헐떡이면 엄마는 은지를 끌어안고 미안하다고 말했다. 침이 가득 묻은 입을 벌리고 은지는 열심히 생각했다. 내가 미안하다고 말해야 하는데 왜 엄마가 자꾸 미안하다고 하는 걸까? 잘못은 내가 했는데…. 은지가 입을 벌린 채 침을 흘리고 있다면 무언가를 힘들게 견뎌내고 있는 중이라는 걸 알아내는데 준은 오랜 시간이 걸렸다.

준은 여느 때처럼 아침에 일어나 우유를 부은 콘프레이크와 바나나 두 개, 계란 프라이 하나를 먹었다. 식사를 마친 후 준은 검은 만다리나덕 백팩-가방보다는 만다리나덕의 노란 오리 로고가 준은 마음에 들었다-에 백과사전 한 권과 국제큐브대회에 관한 책을 집어넣었다. 백과사전의 네 모서리가 백팩의 바닥에서부터 주름을 만들며 생긴 공간에 6*6 큐브와 테라밍크스 큐브를 넣었다. 어젯밤 늦게까지 테라밍크스 큐브를 분해하여 블록들을 하나씩 정성스럽게 닦고 다시 조립했었다. 218개의 블록들을 하나씩 제자리에 끼워맞추면 맨 마지막에 검은 큐브 면의 가운데 블록 하나만 남았다. 큐브를 맞출 때면 준은 언제나 검은 색 면의 중심을 기준점으로 생각했다. 그곳을 중심으로 큐브의 축을 비틀고 회전시켰다. 말하자면 큐브의 배꼽인 셈이다. 준은 그곳을 통해 큐브 안을 들여다보는 느낌이 들었다.

어느 날 준은 그림을 그리다 그림 곳곳에 특정한 곡선이 반복적으로 들어 있음을 알게 되었다. 예전에는 알아차리지 못했던 현상이었다. 그것은 준이 자주 그리는 자동차와 비행기 속에, 돌고래와 펭귄과 물고기들 속에 숨어 있었다. 구석구석 숨어 있는 선들이 모여 가는 눈초리와 조그만 볼우물과 벌어진 입을 만들었다. 그것은 준의 그림 속에만 있는 것이 아니었다. 유치원과 집을 오갈 때 보는 길가의 건물들과 정류장 표시판과 신호등과 가로수와 하늘의 구름에도 숨어 있었다. 오늘 아침에도 준은 유치원에 메고 갈 가방을 꾸리다 그것을 발견했다.

백팩 안에서 테라밍크스 12면체 큐브가 6*6큐브와 부딪히며 제자리에서 몇 바퀴 회전을 했다. 그 짧은 시간에 준은 은지의 얼굴을 보았다. 은지는 두 개의 큐브 사이 어두운 공간에 숨어 있다가 테라밍크스가 흔들리는 배처럼 진자운동을 하는 순간 잠깐 보이다 사라졌다.

*

네 아이 중 맏이였던 은지 엄마 보경 씨는 아빠가 교통사고로 일찍 돌아가시는 바람에 고등학교를 마치자마자 돈을 벌어야 했다. 집안 살림과 동생들 뒷바라지를 하느라 젊은 시절을 몽땅 흘려보낸 보경 씨는 어느 날 거울 속 잔주름이 잡혀가는 눈가를 물끄러미 바라보았다. 눈물 한 방울이 발등에 똑 떨어졌다. 보경 씨는 아랫입술을 꼭 깨물고 계획 하나를 세웠다. 보경 씨는 시장바닥 같은 세월을 살면서 틈틈이 소설이나 시집을 읽곤 했다. 보경 씨가 깊고 편안한 숨을 쉬는 유일한 시간이었다.

보경 씨는 그날 거울 앞에서 세운 계획을 새가 알을 품듯 가슴에 안고 삼 년을 견디었다. 야간 대학 국문과 합격증을 받아든 보경 씨는 이제껏 살아온 대로 독하게 공부했고 장학금을 받으며 대학원까지 마쳤다. 지도교수 소개로 지방의 한 대학에 시간강사로 다니다 지금의 남편을 만났다. 서른 중반을 훌쩍 넘긴 나이였다. 은지를 낳으며 보경 씨는 사십을 넘어섰다.

의사는 원인이라는 게 대부분 복합적이므로 꼭 그것 하나 때문만은 아니라고 했다. 보경 씨는 다운증후군 아이를 출산할 확률이 40대 산모는 30대에 비해 10배쯤 더 높다는 논문을 읽었다. 그 후로 10이란 숫자가 머리에서 떠나지 않았다. 10년만 더 젊었다면, 그랬다면 은지는 정상적인 아이로 태어났을까? 하지만 그 아이는 은지가 아니겠지. 눈도 초롱초롱하고 입도 야무지게 다물고 침도 흘리지 않겠지. 그런데 은지는 아니겠지. 나는 상관없는데 은지라면 어땠을까? 보경 씨는 아침마다 은지의 얼굴을 씻기고 머리를 빗기며 생각한다. 내가 좀 더 젊고 건강한 엄마였다면 자기가 달라졌을 거라고 생각할까? 내가 너무 힘들게 살아서 일찍 늙어버렸는지도 몰라.

하루 꼬박 두 시간을 운전하며 다녀야 하는 거리지만 장애아이들을 위한 특수학급이 있는 유치원이 생겼다는 소식에 보경 씨는 얼마나 기뻤는지 모른다. 하루 중에 몇 시간이라도 온전히 자신의 것이 생겼단 사실이 믿어지지 않았다. 게다가 전문적인 교육을 받은 선생님이 돌봐준다니 쉬면서도 불안해하지 않아도 되었다. 또래의 비슷한 아이들과 함께 지낸다니 드디어 은지에게 친구가 생길 수도 있겠구나 하고 생각했다. 하지만 그런 일은 일어나지 않았다. 그나마 일 년 동안 은지가 아이들과 싸우거나 특별히 상처받지 않은 것으로도 감사했다. 말이 없고 의사 표현도 하지 않는 아이지만 일 년 전과 비교하면 몰라보게 밝아진 건 확실했다. 그래도 은지의 심장이 점점 약해지는 것은 어쩔 수가 없었다.

유치원에 다니면서 은지는 심장 전문의에게 정기적으로 약을 처방받았다. 은지가 일상생활에서도 숨이 차 입술이 파랗게 질리는 일이 잦아지자, 담당 의사는 수술을 받아야 한다는 결론을 내렸다. 심장에서 피를 원활히 내보내지 못하면 숨이 차는 것은 물론 다른 장기에도 나쁜 영향을 끼치게 된다고 했다. 키도 자라지 않고 지능도 지금보다 떨어질 수 있다고 했다. 다행히 병원과 연계된 심장재단에서 도움을 준다고 하여 수술 날짜를 잡게 되었다. 보경 씨는 병원 근처로 거처를 옮기기로 했다. 수술을 받게 되면 오랫동안 병간호를 해야 하고 지금보다도 자주 병원에 가게 될 것이었다. 은지가 무사히 회복하려면 아무래도 이사하는 수밖에 없을 것 같았다. 다행히 병원에서 가까운 곳에 장애아이들을 위한 특수시설이 있었다. 보경 씨는 더 이상 망설이지 않고 결정을 내렸다.

보경 씨는 은지의 가르마를 단정히 가르고 양쪽으로 노란 나비 모양의 핀을 꽂아주었다. 은지가 입꼬리를 살짝 들어올리자 벌어진 입가로 침이 주르르 흘러내렸다. 보경 씨는 은지 목에 두른 손수건으로 침을 닦아주었다. 보경 씨는 며칠 전 은지에게 이사를 가야 한다고 얘기해주었다. 은지는 평소처럼 멍한 표정으로 듣고 있었다. 보경 씨는 궁금했다. 은지는 오늘이 친구들을 볼 수 있는 마지막 날이라는 걸 알고 있을까? 다른 아이들은 어떨까? 하지만 유치원에 마지막으로 가는 오늘도 은지는 다른 날과 특별히 다르지 않았다. 멍한 표정과 벌어진 입, 입가에 흘린 침도 여느 날과 같았다. 다른 게 하나 있긴 했다. 은지가 흰 블라우스에 빨간 치마를 꺼내왔다. 전에도 가끔 입혀 보냈던 옷이지만 은지가 제 손으로 직접 꺼내놓은 일은 한번도 없었다.

*

준이 유치원 현관에 들어서니 신발장 5-5칸에 이미 다른 신발이 놓여 있었다. 이곳은 자신의 신발만 넣을 수 있는 혼자만의 자리라고 준이 생각해둔 곳이었다. 애써 맞춰놓은 큐브를 누군가 헝클어버린 기분이 들었다. 영훈이 녀석이 분명했다. 이처럼 촌스러운 분홍 바탕에 노란 끈의 운동화를 신을 녀석은 영훈이밖에 없으니까. 게다가 교실에 들어와보니 준이 항상 앉는 자리에 녀석이 떡하니 앉아 있기까지 했다.

'이래저래 영훈이란 녀석은 도무지 마음에 들지 않는단 말야. 처음 볼 때부터 그랬지. 땅콩처럼 가느다랗고 길쭉한 얼굴하며 종이를 구겨놓은 듯한 눈꺼풀과 납작한 코도 그렇고. 그러고보면 차라리 솔이가 더 낫지. 잠시도 가만있지 못하고 쉴 새 없이 몸을 흔들어대는 걸 보고 있자면 정신이 사나워지지만 그래도 나무늘보처럼 축 쳐져서 눈만 끔벅거리는 영훈이 녀석보단 솔이가 훨씬 낫지.'

준은 속으로 고개를 흔들며 백팩을 등에서 내려놓았다.

모두들 영훈이를 달팽이라 불렀다. 영훈이는 행동이 느렸다. 느릿느릿 방안을 기어다니는 영훈이는 마치 달팽이처럼 보였다.

영훈이가 아주 어린 아기였을 때는 울지도 않고 보채지도 않았다. 잠도 잘 자고 먹는 것도 잘 먹었다. 영훈이 엄마는 자신이 아이를 너무 편하게 키우는 건 아닌지 걱정이 될 정도였다. 그러나 어느 순간부터 영훈이의 시계는 거꾸로 돌아가기 시작했다. 둥글고 토실토실하던 얼굴은 달팽이처럼 길쭉해졌다. 얼굴도 주글주글해졌다. 눈꺼풀을 들어올리는 것도 힘들어 언제나 눈이 반쯤 감긴 채로 있었다. 말문은 아예 열리지 않았다. 꿈을 꾸는지 자다가 가끔 소리를 지르긴 했다. 영훈이가 다섯 살이 되었을 때 노란 해바라기 이불 위에 누워 있다가 뒤척이며 갑자기 '엄마'라고 불렀다. 그런데 곁에 아무도 없어서 누구도 듣지 못했다.

영훈이는 아무 데서나 누워 있으려고 했고 아무 데나 기대려고 했다. 일으켜줘도 축 늘어졌고 일어나서도 잘 넘어졌다. 그런데 이곳 유치원에 오면서부터는 오래 앉아 있기도 하고 곧잘 서서 다니기도 했다. 가끔 아이들과 섞여 놀이를 하기도 했다. 나무 블록을 쌓거나 스케치북에 크레파스로 낙서하듯 그림을 그렸다. 아무도 알아볼 수 없는 그림을 그려놓고 영훈이 혼자 씨익 웃기도 했는데 곁에 아무도 없어서 알아차리지 못했다.

영훈이는 가끔씩 몸을 비틀며 경련을 했다. 뇌 안에 갑자기 전기적인 자극이 생기면 그렇다고 했다. 번개가 치는 것처럼 갑자기 영훈이 머릿속이 번쩍거렸다. 영훈이는 까무러치면서 자기도 모르게 소리를 질렀다. 번개가 치고 나면 천둥소리가 나는 것처럼 그랬다. 그럴 때면 대부분 바지에 오줌을 쌌다. 천둥 번개와 함께 비가 내리는 것처럼 그랬다. 선생님은 영훈이가 소리를 지를 때면 항상 바지를 확인해보았다. 선생님은 야간 대학원에 다니면서 특수아동에 관한 논문을 쓰고 있었다. 특수라는 말에는 일반적인 아이들보다 지능이나 재능이 뛰어난 아이들도 포함되었다. 선생님은 '특수하다'는 것은 '다르다'는 의미라고 생각했다. "'다르다는 것은 '틀리다'는 것이 아니고, '나쁘다'는 것은 더더욱 아니다." 선생님은 아이들을 가르치고 보살피는 일이 힘들 때 마다 연구실 책상 앞에 붙여놓은 구절을 생각했다.

선생님은 유전적인 문제로 장애를 가진 아이들에 대하여 공부를 했다. 그러다 영훈이 같은 연약염색체 증후군 아이들이 갑자기 말문이 트기도 한다는 사실을 알게 되었다. 선생님은 영훈이가 무슨 소리라도 내면 영훈이에게 와서 반드시 확인해보았다. "뭐라고 영훈아? 뭐라고 했어? 우리 영훈이 다시 말해볼까? 아무 말이든 해봐. 응? 영훈아-." 선생님이 "영훈아,"라고 이름을 부르면 항상 "영훈아아아"라는 소리가 메아리처럼 교실에 울려퍼졌다. 영훈이는 선생님만 빤히 쳐다보고 아무 말도 하지 않았다. 선생님은 영훈이 곁에 한참 앉아 있다가 머리를 한번 쓱 쓰다듬어주곤 다른 곳으로 갔다. 그런 날이면 영훈이는 꼭 바지에 오줌을 쌌다. 선생님은 다른 날보다 자주 영훈이 바지를 살펴보았다.

솔이는 다람쥐 같았다. 어디서든 팔짝팔짝 뛰어다녔다. 높은 곳은 뛰어오르고 낮은 곳은 빠르게 기어다녔다. 솔이에게도 나름대로 이유가 있었다. 솔이가 뛰기 전 솔이 안에서 무언가가 먼저 뛰어다녔기 때문이다. 그것은 갑자기 불쑥불쑥 나타났다. 솔이는 안에서 뛰어다니는 그것을 가만히 바라보았다. 그러면 팔다리가 그것을 따라 저절로 움직여졌다. 얼굴도 실룩거렸다. 아무 말이나 마구 튀어나왔다. 대부분은 욕이었다. 어디서 배웠는지 들었는지 자기도 모르는 욕들이 마구잡이로 튀어나왔다. 솔이는 전혀 그럴 마음이 아닌데도 그랬다. 시도 때도 없었다. 솔이네 가족은 놀이공원은커녕 외출조차 꿈꾸지 못했다. 병원에 가려고 밖으로 나오면 사람들은 솔이를 보고 놀라기도 하고 신기해하기도 하고 걱정도 해주었다. 하지만 솔이 가족들이 바라는 건 사람들이 모른척해주는 것이었다. 아예 관심을 가지지 않아주기를 바랐다.

그런데 이곳 유치원 아이들이 그랬다. 그래서 솔이도 솔이 엄마도 이곳 유치원이 마음에 들었다. 준이도 은지도 영훈이도 솔이가 어떡하든 관심갖지 않았다. 그렇다고 아이들이 솔이가 뛰어다니고 물건을 어지럽히고 소리를 지르는 걸 좋아하는 건 아니었다. 아이들은 솔이가 어떤 아이인지 알고 있었지만, 그것이 자기들과는 상관이 없다고 생각했다. 아이들은 솔이가 책상을 타고 오르거나 몸을 움찔거리거나 욕을 해대거나 해도 '솔이는 원래 그런 아이니까, 원래 그렇게 하는 아이가 솔이니까'라고 생각했다. 오히려 솔이가 가만히 있거나 착한 말을 하면 이상하게 쳐다보았다. 그건 솔이가 아니기 때문이었다.

솔이는 하루 종일 바빴다. 솔이는 교실 바닥에 빈틈없이 발자국을 남기는 게 하루의 목표인 것 같았다. 솔이는 바닥뿐 아니라 책상과 의자와 선반과 책장과 신발장을 밟고 딛고 타넘고 올라갔다. 대개는 무사히 내려왔지만, 간혹 높은 곳에 올랐다가 떨어지기도 했다. 바닥에 푹신한 매트가 깔려 있어서 다치는 일은 없었지만, 그때마다 선생님이 놀라며 달려왔다. 선생님은 솔이 곁에서 가장 많은 시간을 보냈다. 솔이는 그게 좋았는지 선생님이 잠시만 한눈을 팔면 꼭 어딘가로 올라갔다. 그리고 가끔씩 바닥으로 떨어졌다. 아이들은 솔이가 일부러 그런다는 걸 알면서도 모른 체 했다. 일부러 그러는 것도 솔이니까.

*

준은 은지 옆자리에 앉았다. 만다리나덕 백팩을 열고 6*6 큐브와 12*12 테라밍크스 큐브를 꺼내 책상 위에 올려놓았다. 6면 큐브를 만드는 색은 빨강 파랑 노랑 주황 초록과 검정이었다. 준은 특별히 검정색이 들어 있는 큐브를 좋아했다. 세상의 모든 색을 합하면 검정이 된다는 걸 책에서 읽었다. 검정에서 모든 색이 나오는 셈이다. 준이 깜깜한 물속에 잠겨 있다가 세상으로 나온 것처럼…. 준이 기억하는 최초의 기억은 어둡고 따듯한 물이었다. 그곳에서 손과 발을 조금씩 움직여 몸의 방향을 틀거나 입을 벌려 물을 삼켰다.

물속에 가만히 있으면 소리가 들려왔다. 쿵쿵 쏴아쏴 쿵쿵쿵…. 규칙적으로 들려오는 소리를 들으면 마음이 편안해졌다. 밖으로부터 소곤거리는 말소리가 물 안으로 전해오기도 했다. 준은 가늘지만 부드러운 힘이 느껴지는 그 소리가 좋았다. 그 소리로 나직하게 불러주는 노래도 좋았고 노래와 함께 쓰다듬어주는 손길도 좋았다. 가끔 낮고 굵은 목소리가 들려오기도 했다. 유쾌하고 친절한 목소리였으므로 물속은 따듯하고 평화로웠다. 그 일이 일어나기 전까지는 그랬다.

준은 물과 함께 쏟아져 밀려내려왔다. 갑자기 너무 밝아져서 눈을 뜰 수 없었다. 그곳은 시끄러운 소리들로 가득했다. 모든 것들이 쉴 새 없이 움직이며 소리를 냈다. 온갖 소리의 파장들이 뾰족한 가시가 되어 준의 고막을 찔렀다. 준은 딱딱하고 거친 물건들이 만들어내는 소리에 예민했다. 사람도 그랬다. 유난히 크고 날카로운 소리를 만들어내는 사람들이 있었다. 준은 그런 사람들의 다양한 특성들을 분석하고 분류하여 나름의 패턴을 만들었다. 그래서 그런 사람들을 굳이 만나지 않아도 구별해낼 수 있는 능력이 생겼다.

준은 그런 사람들과는 거리를 두었다. 그런데 이 또한 항상 들어맞는 건 아니었다. 은지의 얼굴이 준이 분류한 일반적인 패턴과 들어맞지 않았듯이. 은지뿐만이 아니라 유치원에서 만난 아이들도 준의 분류 패턴과 들어맞지 않은 때가 많았다. 솔이도 영훈이도 그랬다. 그러고보니 준의 엄마와 아빠, 유치원 선생님도 들어맞지 않을 때가 많았다. 준은 그런 사람들의 패턴은 따로 분류하였다. 준은 그 패턴의 이름을 '다른 세상'이라 지었다. 준의 마음속에는 그들만의 세상이 따로 구별되어 저장되었다.

은지는 언제나처럼 동화책에 얼굴을 묻고 있었다. 은지가 읽는 책은 정해져 있었다. 무민 그림책이었다. 스웨덴에 사는 한 할머니가 북유럽의 도깨비쯤 되는 트롤을 통통하고 귀엽게 살짝 바꿔서 무민이라는 캐릭터를 만들어냈다. 얼굴이 길쭉하고 통통한 하얀 밀가루 같은 게 꼭 영훈이를 닮았다고 은지는 생각했다.

유치원에는 무민 동화책이 세 권 있었다. 그 중 은지가 가장 좋아하는 그림책은 무민이 자기만의 보물을 찾기 위해 여행을 떠나는 내용이 담긴 책이었다. 무민이 엄마에게 물어본다. “엄마, 나만이 갖고 있는 특별한 것이 있을까요?” 엄마가 대답한다. “그럼. 네게는 아빠와 엄마가 있잖아. 게다가 재미있는 친구들도 많이 있잖니?” “그런 거 말고요.” 그러다 무민은 마침내 길을 나선다. 바다도 가고 숲도 가 본다. 무민은 깊은 숲속에서 길을 잃는다. 은지는 무민이 보물을 찾지 못하고 집으로 돌아오는 장면에서 항상 책을 거꾸로 뒤집어 읽었다. 무민은 언제나 집에 거꾸로 서서 들어갔다.

준도 가끔씩 백과사전을 거꾸로 들고 보기도 했다. 준이 거꾸로 들고 있다고 책을 못 읽는 건 아니었다. 준은 글자를 읽지 않았다. 준은 책의 사진을 찍었다. 그랬다가 나중에 필요하면 사진을 꺼내보았다. 백과사전의 몇 페이지 몇 줄에 어떤 내용이 적혀 있는지 눈앞에서 보듯이 떠올랐다. 대개는 사진을 꺼내야 할 필요성을 느끼지 못했다. 준은 특별한 목적이 있어서가 아니라 그저 재미있어서 책을 읽었기 때문이다. 백과사전은 사진을 찍을 내용이 많아 흥미로웠다. 한동안 재미 삼아서 사진을 찍다가 준은 곧 흥미를 잃었다. 그러다 요즘 다시 거꾸로 읽기 시작했는데, 그것은 순전히 은지 때문이었다. 은지가 그림책을 거꾸로 들고 있으면 선생님이 와서 똑바로 고쳐놓고 갔다. 선생님은 은지가 글자를 읽지 못할 거라고 생각했다. 그래도 자꾸 봐서 눈에 익숙해지면 좋겠다고 생각하여 은지가 책을 거꾸로 들고 있으면 똑바로 보도록 고쳐주었다.

은지가 그림책을 거꾸로 읽을 때면 준도 거기에 맞춰서 백과사전을 거꾸로 들고 읽었다. 언젠가 선생님이 은지 책을 똑바로 고쳐주려고 왔다가 준이 은지와 함께 책을 거꾸로 들고 읽는 것을 보았다. 선생님은 은지가 준과 함께 어떤 놀이를 하고 있고 그 놀이의 규칙이 책을 거꾸로 들고 보는 것일지 모른다고 생각했다. 책을 똑바로 들고 읽는 것보다는 아이들이 자신들이 만든 규칙을 지키는 것이 더 중요한 일이지. 선생님은 나중에 논문을 쓸 때 이런 내용을 넣어야겠다고 마음먹었다.

*

은지가 무민이 숲에서 돌아와 집으로 들어가는 마지막 장면을 거꾸로 펼칠 때 솔이가 교실로 들어왔다. 시끄러운 소리를 만들어내는 것으로 치면 솔이를 따라갈 사람은 없었다. 하지만 준은 간혹 "솔이야 이렇게 떠들면 다른 친구들한테 방해가 되잖아"라는 선생님의 목소리를 듣고서야 비로소 솔이가 시끄러운 소리를 냈단 걸 알아차리곤 했다. 이상하게 솔이가 교실을 뛰어다니거나 소리를 지르는 게 크게 거슬리지 않았다. 이 또한 준이 분류한 패턴을 벗어나 있었다. 그래서 준은 솔이도 '다른 세상'속에 집어넣었다.

시끄러운 소리는 솔이와 함께 뭉쳐서 어디든 함께 다녔다. 솔이가 만들어내는 소리는 솔이와 함께 놀아주고, 함께 놀라고, 함께 화내고, 함께 웃어주었다. 솔이에게 소리를 지르지 못하게 하면 솔이는 무척 심심할 거라고 준은 생각했다. 아이들 중에서 시끄러운 대장은 솔이가 확실했다. 영훈이도 소리를 지르곤 했지만 솔이처럼 시끄러운 소리를 달고 다니지는 않았다. 솔이가 쉴 새 없이 울어대는 종달새 같다면 영훈이는 어쩌다 크게 우는 부엉이 같았다고 준은 생각했다. 은지는 금붕어라면 딱 맞겠다. 소리내지 않고 입만 벙긋거리고 입 주위엔 항상 침이 흐르고 있으니까. 준의 입가에 미소가 살짝 스쳐 지나갔다.

솔이가 의자를 딛고 책상 위로 올라가 물방개처럼 빠르게 준의 앞을 지나갔다. 책상 위에 올려놓은 큐브가 솔이의 발끝에 걸려 바닥으로 떨어졌다. 매트가 깔려 있어 다행히 깨지진 않았다. 준은 큐브가 바닥에 부딪혀 떼구루루 굴러가다 책상 다리에 닿아 멈추는 소리에 두 손으로 귀를 틀어막았다. 그새 솔이는 은지가 앉은 책상 앞을 지나 바닥으로 다시 내려갔다. 잠시 멈칫하며 준의 표정을 살피더니 솔이는 교실을 가로질러 장난감과 동화책이 정돈되어 있는 맞은편 벽의 수납장으로 갔다. 영훈이는 벽 쪽에 붙은 뽀로로 매트 위에 앉아 장난감 실포폰을 두드리고 있었다. 솔이는 수납장 서랍에서 동화책과 장난감을 꺼내 바닥에 쏟았다.

동화책과 장난감들이 영훈이가 앉은 매트 위로 흩어졌다. 솔이가 그 위에 눕더니 팔다리를 허우적거렸다. 마치 수영을 하는 것 같았다. 팔과 다리를 휘저을 때마다 동화책과 레고와 플라스틱 장난감과 노랗고 파랗고 빨간 삼각형 사각형 원통 모양의 나무조각들이 어지럽게 흩어졌다. 솔이 몸 안에는 무언가 알 수 없는 덩어리들이 마구 돌아다니는 것 같았다. 오늘은 유난히 심해서 솔이의 팔과 다리를 마구 휘젓고 끌고 다녔다. 장난감과 동화책이 여기저기 흩어져 있는 바닥에 누워 한참을 허우적거리더니 솔이가 벌떡 일어섰다. 솔이의 손에는 동화책이 한 권 들려 있었다. 솔이가 팔다리를 흔들면서 은지가 앉아 있는 책상으로 뛰어갔다. 동화책을 보던 은지가 고개를 들어 뛰어오는 솔이를 바라보았다. 은지 입꼬리가 올라가고 입이 벌어지면서 입가로 침이 주르륵 흘렀다.

솔이가 의자를 밟고 다람쥐처럼 날쌔게 책상 위로 올라섰다. 솔이가 은지가 앉은 자리로 엎어지면서 조금 전처럼 헤엄치듯 팔과 다리를 휘저었다. 솔이의 발이 준이 앉은 책상 근처까지 휙휙 스치며 지나갔다. 준이 책상 위에 올려놓은 테라밍크스 큐브를 두 손으로 감아쥐었다. 준은 검은 큐브의 맨 가운데 중심의 블록을 엄지와 집게로 잡고 세게 비틀었다. 테라밍크스 큐브의 검은 블록이 빠져나왔다. 12면 큐브에 박혀있던 블록들이 흩어지며 책상 위로 와르르 쏟아져 내렸다. 은지가 소리내어 웃었다. 큐브 조각들이 버둥거리는 솔이의 팔다리에 부딪혀 사방으로 흩어졌다. 은지가 큐브 조각들을 두 손에 담아서 공중에 뿌렸다. 준도 블록들을 손에 들고 공중으로 던졌다.

색색의 블록들이 은지와 솔이와 준의 머리 위로 떨어졌다. 준이 은지 손을 꼭 잡았다. 은지가 준을 보고 웃었다. 입이 벌어져 입가에 침이 주르르 흘렀다.

"어머나, 얘들아. 대체 이게 무슨 일이니?"

선생님이 놀라서 달려왔다. 책상 위에서 버둥거리는 솔이를 안아 내렸다. 솔이가 버둥거리며 소리를 질렀다. 이때 보경 씨가 들어와 놀라 은지에게 뛰어갔다.

"은지야 이게 다 뭐니? 어디 다치진 않았어?"

보경 씨가 은지를 안고 여기저기를 살펴보았다. 은지 얼굴은 침과 땀과 눈물로 뒤범벅되어 있었다. 보경 씨가 은지 손을 잡고 교실 밖으로 나갔다. 은지가 가슴에 동화책 한 권을 꼭 안고 있었다.

"은지야 이 책은 놓고 가야지. 엄마가 나중에 사줄게."

은지가 고개를 흔들며 책을 더욱 꼭 껴안았다.

"은지야 그 책 가져가. 선생님이 선물로 줄게."

무민이 여행을 떠나는 책을 새 걸로 사서 채워넣어야겠다고 선생님은 생각했다. 선생님이 은지에게 손을 흔들었다.

"수술 잘 받고 나중에 건강해지면 꼭 놀러와야 돼. 은지야 안녕."

그때 뽀로로 매트 위에 앉아서 실로폰을 두드리던 영훈이가 소리를 지르기 시작했다. 계속해서 소리를 지르느라 얼굴이 벌개졌다. 영훈이 바지가 축축해지고 뽀로로 얼굴에 오줌이 흥건히 고였다. 이번에는 영훈이가 소리를 질러도 선생님이 달려오지 않았다. 선생님은 은지가 가는 모습을 지켜보려고 교실 밖으로 막 나가는 중이었다.

그래서 선생님은 영훈이가 '김은지' 하고 또렷하게 말하는 소리를 듣지 못했다. 따라서 영훈이가 '엄마'라고 말했던 것과 '김은지'라고 말했던 것은 아무도 알지 못하게 되었다.

솔이가 교실을 가로질러 영훈이에게 뛰어갔다. 영훈이는 매트 위에서 팔다리를 버둥거리고 있었다. 솔이가 영훈이 옆에 누워 함께 팔다리를 흔들었다. 들꽃무늬 매트 위에서 둘은 날개를 흔들며 춤을 추는 두 마리 벌처럼 보였다. 팔다리에서 윙윙거리는 소리가 들리는 것 같았다.

보경 씨와 함께 교실 밖으로 나가던 은지가 뒤를 돌아보았다. 은지의 반쯤 벌어진 입이 활짝 열렸다. 은지가 웃기 시작했다. 은지는 눈물과 침을 흘리며 끝도 없이 웃었다. 팔다리를 흔들던 솔이와 영훈이도 함께 웃었다.

준은 바닥에 떨어져 흩어진 테라밍크스 큐브 조각들을 주워 가방에 담았다. 찾아서 다시 맞춘다고 해도 큐브 한 조각의 자리는 비어 있을 거라는 걸 준은 알고 있었다. 하지만 준은 자신이 다시 큐브를 조립할 것이라는 것도 알고 있었다. '한 개의 자리는 비어 있을 거야. 그곳은 큐브의 중심이지. 그곳을 통해 나는 큐브의 안을 들여다보곤 했어. 하지만 언젠가는 자기의 자리를 찾아 다시 돌아올 거야.' 준은 큐브 조각을 찾아 모으느라 보경 씨의 손을 잡고 유치원 문을 나서는 은지를 보지 못했다.

보경씨가 잡은 손 안에서 은지는 손을 돌돌 말고 있었다.

"은지야 손에 쥐고 있는 게 뭐니? 그게 뭔데 꼭 쥐고 있어?"

보경 씨가 물었지만 은지는 말없이 손에 쥐고 있는 까만 플라스틱 조각을 더욱 꼭 움켜쥐었다.

소설가 P의 하루

소설가 P의 하루

P는 우연히 한 구소련의 과학자에 대해 알게 되었다. 그는 80세의 나이로 세상을 떠날 때까지 70여 권의 학술서적과 일만 장에 달하는 연구논문을 남겼다. 그의 인간의 한계를 뛰어넘는 업적의 비밀은 철저한 시간 관리에 있었다. 그는 매일 초 단위로 자신의 시간을 관리하고 기록하였다. 단 하루의 예외도 없었다. 그런 고지식하고 고리타분한 과학자라면 사회주의에서 영웅 칭호를 받기 딱 맞는 적성일 것이라 잠시 생각했을 뿐, P는 그러한 사실이 자신의 생활을 조금도 흔들지 못할 것이라고 막연히 또는 당연히 생각하였을 뿐이다.

훗날 P는 빗물에 젖은, 흙과 구토물이 묻어 지저분해진 양복 차림으로 아내와 파출소를 나서며 문득 그 과학자를 떠올렸다. 그러자 P는 자신의 처지가 어떻게 이런 지경까지 오게 되었는지 어떤 퍼즐 조각이 딱 들어맞는 소리가 귓가에 들리는 듯했다. P가 중얼거렸다.

"결국은 이렇게 되고 말 일이었어."

1

P는 동사무소에서 주민센터를 거쳐 지금의 행정복지센터로 명칭이 바뀌는 동안 흔들림 없이 자신의 자리를 지켜왔다. P는 근면하고 성실한 공무원으로서의 전범이었다. P의 하루 또한 모범적인 공무

원으로서의 일상으로 채워져 있었다. P는 아침 6시면 어김없이 일어나 가벼운 체조를 한 후 샤워를 했다. 아내가 차려주는 아침 식사를 마친 P는 아내의 배웅을 받으며 아파트 현관을 나섰다. 척추를 보호하기 위해 P는 되도록 허리를 꼿꼿이 한 채로 5층에서부터 차례로 계단을 밟아 105동 지상 주차장으로 내려왔다. P는 주차장의 항상 같은 자리에 세워진 10년 된 아반떼를 운전하여 15분 거리에 위치한 직장으로 출근을 하였다.

P는 지정된 책상에 앉아 오전 동안 그에게 할당된 많지도 적지도 않은 분량(늘상 해오던 일이라 자동적으로 해치우게 되는)의 업무를 능숙하고 여유롭게 해결한 후 점심시간이 될 때까지 가벼운 독서와 스트레칭을 하였다. 구내식당에서 점심 식사를 마친 P는 오후 업무가 시작될 때까지 복지센터를 둘러 조성된 산책로를 걸었다. 자신에게 주어진 적당량의 오후 업무를 능숙하게 마친 P는 퇴근 때까지의 남은 시간 동안 역시 가벼운 독서와 스트레칭을 하였다.

직장에서의 일과가 끝나면 건물 후면의 전용 주차장 지정석에 세워둔 아반떼를 운전하여 15분 거리인 자신의 아파트로 이동하였다. 105동 주차장에 주차를 마친 P는 역시 허리를 꼿꼿이 세운 채 5층까지의 계단을 차례차례 밟아 올라 현관문 앞에 당도했다. 대부분 도어록의 비밀번호를 입력하여 문을 열었지만 가끔은 벨을 누르기도 했는데, 그럴 때 P는 자신이 마치 장난을 치는 개구쟁이 같단 생각이 들었다. 샤워를 마친 후 P는 저녁 식사를 하였으며 잠자리에 드는 시간까지 가벼운 독서와 인터넷 서핑을 하였다. 취침 시간이 되면 P는 그날 하루 일과의 마지막 행사로 방광을 비운 후 잠자리에 들었다. 주말에는 더 깊은 독서를 하거나 아파트 뒤 야산을 산책하였다.

그날 P는 여느 때와 마찬가지로 배뇨를 마친 후 잠자리에 들었다. P는 꿈을 꾸었다. 꿈에서 깨어난 P는 다시 잠들기 위해 눈을 감으려다 갑자기 일어나 불을 켰다. 아내가 눈부신 빛을 가리느라 이불을 머리 위까지 뒤집어쓰고 돌아누었다. P는 침대 옆 소탁 위에 놓여 있는 노트북을 들고 거실로 나왔다. P는 노트북을 열고 꿈을 기록하기 시작했다.

나는 어릴 적 살던 허름한 방 안에 있었다. 나는 책장에서 하얀 도화지로 만든 표지에 세로로 철이 된 (검은 노끈으로 위가 묶이고 아래에서 위로 넘기도록 철해진 두꺼운 장부 같은) 책을 발견했다. 그것은 부친의 비밀 사진첩이었다. 책의 군데군데에 '비밀을 지킬 것'이란 부친의 메모가 적혀 있었다. 사진첩에서 부친의 젊었을 때의 사진들을 볼 수 있었다. 사진은 모두 흑백이었고 부친은 수염을 까칠하게 기르고 있었는데 눈썹이 진했고 특유의 팔 자 모양이 선명했다. 사진 속에서 부친은 얼굴이 하얗고 깔끔했으며 귀티가 났다. 자신감이 넘치는 건장하고 늠름한 청년이었다. 어떤 사진에서 부친은 까까머리 예닐곱을 모아놓고 무언가를 가르치고 있었다. 부친은 당시 전쟁을 겪고 있는 중인 것 같았는데 아마도 포로의 신분인 듯했다.

나는 '이것들을 보면 안 되는데'라는 생각이 들었지만 계속해서 몰래 사진들을 보았다. 그 중 길게 세로로 찍은 사진이 한 장 있었다. 구식이지만 세련된 복장을 한 우아한 여인의 사진이었다. 지적이고 단아한 아름다움이 흘렀다. 단발머리에 천진하게 웃는 초승달 눈이 인상적이었다. 사진 아래 부친이 적어놓은 글이 있었다. '그대를 기억하리라!' 그때 부친이 방으로 들어오는 기척이 들렸고 나는 급하게 사진첩을 다시 봉투에 집어넣었다. 부친은 책장의 먼지들을 쓸어내면서 내게 혹시 어떤 책을 보지 못했는지 물으셨다. 내가 책의 제목이 무엇이냐 물어보니 호탕하게 웃으면서 '네가 알지 내가 그걸 어떻게 알겠느냐?' 하셨다. 부친은 나이가 들어 돌아가실 때와는 달리 당당하고 여유로웠으며 늠름했다. 외부 환경에 연연하지 않으나 결코 무심하지 않으면서, 내면으로 관심이 집중된 어떤 에너지의 방향성을 유지하고 있는 느낌이었다.

그 밖에도 몇몇 장면들, 예컨대 어떤 사람이 (그는 아마도 죽은 상태인 것 같았고 자신이 죽은 원인을 밝히기 위해 일종의 의식을 치르는 중인 듯했다) 자신의 머리 뒤로 노랗고 파란 색깔의 기억들이 나타난다며 기뻐하던 몽환적인 장면들이 드문드문 생각났지만, P는 그들 간의 연관성을 이해하기 힘들어 기록하지 않았다.

P가 노트북을 접을 때 아내가 물을 마시기 위해 거실로 나왔다. 아내는 냉장고 문을 열고 물병을 꺼내 컵에 따라 마신 후 다시 방으로 들어갔다. 도중에 아내는 P를 쳐다보지 않았다. 아내는 P가 처음으로 꿈을 기록하기 시작한 그날 새벽, 아파트 베란다 창이 희붐하게

밝아오고 잠옷 바람의 P가 그것을 배경으로 혼자 소파에 앉아 있던 일을 기억하지 못했다. 아내는 훗날, 그러니까 파출소에서 연락을 받고 옷도 제대로 챙겨 입지 못하고 뛰어나와 P와 함께 집으로 돌아가던 날, P의 몇 발짝 앞서 걸으며 차가운 바람에 어깨를 잔뜩 웅크린 채 "아, 그러니까 당신이 소설을 쓰고 있었다, 그 말이지요? 그날 새벽에?"라며 하품하듯 말했다.

P는 노트북을 덮고 거실 소파에 앉아 돌아가신 부친에 대해 생각했다. P의 부친은 실향민이었다. 전쟁 때 홀로 남쪽으로 내려와 평생을 가난하고 외롭게 살았다. 자신의 육신처럼 왜소하고 의기소침한 인생이었다. 그러나 꿈속의 부친은 전혀 다른 사람이었다. 꿈은 현실로 돌아오면 곧 지워지고 잊혀졌지만 지금은 달랐다. 꿈을 기록하자 P에게 부친은 적어도 꿈과 현실의 중간쯤에 걸친 존재처럼 여겨졌다.

P는 베란다로 나와 창을 열고 담배를 하나 피워 물었다. P는 스스로에게 깜작 놀랐다. P는 베란다에서 담배를 피운 적이 없었다. 담배를 피우고 싶으면 아파트 계단을 걸어 내려 (5층이었으므로 그는 아내의 권유에 따라 운동삼아 집을 출입할 때 대부분 계단을 이용하였다) 쓰레기 분리수거장 옆 담장 근처에서 담배를 피웠다. P는 자신이 베란다에서 담배를 피워물고 뿌옇게 동이 터오는 아파트 화단과 놀이터와 단지 내 상가건물을 내려다보고 있다는 사실이 믿기지 않았다. P는 아내가 혹시라도 베란다로 나와 얼굴을 찌푸리거나 위층에서 담배 연기가 올라온다고 항의라도 하지 않을까 살짝 염려되었지만 곧 마

음의 평정을 되찾았다. P는 뿌듯한 자신감이 골반 밑바닥에서부터 서서히 차오르는 것을 느꼈다.

2

잠을 잘 때 눈동자가 빠르게 좌우로 움직이는 렘수면 구간이 있다고 했다. 꿈을 꾸는 시간이다. 렘수면은 하룻밤에 네다섯 번쯤 있으므로 P는 하루에 네다섯 번의 꿈을 꾸는 셈이었다. 그러나 P가 기억하는 꿈은 한두 개 정도였다. 게다가 매일 꾸는 것도 아니었다. P는 꿈을 꿀 때마다 기억에서 사라지기 전에 즉시 기록하려고 했다. 그러다보니 밤에 잠에서 깨어나는 횟수도 늘어났다. 하룻밤에 세 번이나 일어난 적도 있었다. P는 아내가 불편해할까봐 신경이 쓰였다. 가끔 거실에서 꿈을 기록한 후 다시 침실로 들어가지 않고 그곳에서 그냥 잠을 잤다. P의 아내는 남자들에게도 갱년기가 있다는 사실을 떠올렸다. P에게도 그런 시기가 닥쳐온 거라 생각했다. 그녀는 P가 거실에서 홀로 잠이 드는 것을 이해할 수 있을 것 같았다. P와 아내는 별다른 충돌 없이 자연스레 각방을 쓰기 시작했다.

꿈을 기록하는 횟수가 늘어나면서 P는 가끔 자신이 기억하는 인물과 사건이 꿈과 뒤섞이는 경험을 했다. 부친의 경우 P의 기억 속의 초라한 모습은 거의 사라져버렸다. 부친을 생각하면 노쇠한 모습보다는 늠름하고 당당한 청년이 떠올랐다. 기억에 새겨졌던 과거의 시간들이 꿈으로 뒤덮여 윤색되면서 그러한 내부적인 변화들이 외부적으로도 서서히 영향을 끼치기 시작했다. P 스스로는 그것을 전혀 알아차리지 못했지만 주변 사람들은 조금씩 느끼게 되었다. P의 아내는 P가 어느 순간 활력이 생기고 좀 거칠어졌다고 느꼈다. 전과 달리 일상에 무심하고 대범한 모습이 언뜻언뜻 보였는데 그녀는 그럴 때 P에게서 낯설고 은밀한 매력을 느꼈다. 그렇다 해도 그들은 여전히 각방을 쓰고 있었고 이미 편안한 상태로 적응되어서 오히려 이전보다 정서적인 친밀감은 더욱 깊어졌다.

직장 사람들 또한 P의 변화를 눈치채기 시작했다. 변화는 조금씩 천천히 진행되었으므로 처음엔 그들도 잘 알지 못했다. “주무관님이 좀 변한 것 같지 않아요?” 누군가 우연히 생각난 듯 말하자 그 말을 들은 사람이 눈을 커다랗게 뜨면서 “그러고보니 그런 것 같네요”라고 고개를 끄덕였다. 행정복지센터 직원들은 점심 식사를 마치면 자판기에서 커피를 한 잔씩 뽑아들고 양지바른 벤치에 앉아 P의 이야기를 했다. 그들은 자신들의 대화 내용이 사실인지 확인하기 위해 관심을 갖고 P를 관찰하기 시작했다. 그러자 몇 가지 변화들이 눈에 띄었다.

가령 이런 일이 있었다. 어느 날 P는 지각했다. 이십 분이 늦었는데 시간의 길고 짧음을 떠나 P가 지각을 한다는 일은 상상할 수 없었으므로 그 일은 직장에 작은 파문을 일으켰다. (그 일이 있은 한참 후에도 지각한 이유를 P에게 물어본 사람이 있던 것으로 보아 사람들에게 그날의 일은 특별한 사건으로 기억되었음에 틀림없다) 그러나 P의 표정에 미안해하거나 당황스러워하는 기색이 없었으므로 사람들은 P가 지각을 하지 않은 것처럼 느꼈다. 어떤 사람은 그날 P에게서 선불리 말을 붙이지 못할 만큼 강력한 카리스마가 느껴졌다고 했는데, 설령 누군가 질문을 했더라도 P는 난감했을 것이다. P는 단지 음악을 듣느라 늦었기 때문이었다.

그날도 P는 아침 식사를 마친 후 평소와 다름없는 시간에 집에서 출발하여 역시 평소와 같은 시간에 직장에 도착했다. 직장으로 오는 내내 P는 항상 들어왔던 주파수의 FM 음악방송을 들었다. 평소처럼 정해진 자리에 주차를 한 후 시동을 끄려하는데 P의 귀에 음악 소리가 들려왔다. 사실 P는 출근하는 내내 차 안에서 음악을 듣고 있었다. 그런데 P는 그날 자신의 귀에 '음악'이 들려온다는 사실을 깨달았다. 그러자 이제껏 듣던 음악과는 전혀 다른 '음악'이 P의 귀에 들려왔다. 차 안 스피커에서는 베토벤 교향곡이 흘러나오고 있었다. 베토벤 탄생 100주년 기념으로 교향곡 전곡 시리즈 특집 방송이라고 했다.

집에서 출발할 때 7번 교향곡이 시작되었고 직장에 도착할 무렵 1악장이 끝나가고 있었다. 주차할 때 2악장이 시작되었다. P는 차의 시동을 껐다. 엔진 소리가 사라지자 음악은 더욱 크고 선명하게 들려왔다. 7번 교향곡의 2악장은 느릿느릿 진행되었다. P의 눈앞에 세상을 굽어보며 어슬렁어슬렁 걷는 거인의 모습이 보였다. P는 시계를 들여다보았다. 차에서 내려 직장의 건물 안으로 들어가야 할 시간이었다. 음악을 계속 들을지 지각을 할지 둘 중 하나를 선택해야 했다. P는 운전석 좌석을 뒤로 젖히고 길게 발을 뻗었다. P는 깍지낀 두 손을 머리 뒤에 받히고 기지개를 켜듯 운전석에 길게 누워 붉은 벽돌과

잿빛 시멘트로 이루어진 행정복지센터 건물 위로 펼쳐진 하늘을 바라보았다. 파란 도화지 같은 하늘에 양털구름이 치약을 짜놓은 듯 군데군데 박혀 있었다.

3악장이 시작되면서 P는 운전석 좌석의 등받이를 올려 바로앉았다. 단정하게 줄 맞춰 주차장에 도열한 차량들 보닛 위로 햇살이 튕겨 부서졌다. P는 차 사이를 가로질러 건물 안으로 바삐 사라지는 사람들을 낯선 듯 바라보았다. 교향곡이 모두 끝나고 나서도 P는 서두르지 않았다. P는 마지막 악장을 콧노래로 흥얼거리며 주차장을 천천히 걸어서 나왔다. 그날 P는 문득 세상이 장난감 레고처럼 생각되어서 직장 주변을 산책할 때도 자신이 어슬렁거리며 걷는다는 느낌이 들었다. 산책 후 P는 오후 내내 조금 예민해진 상태로 있었고 결국 사소한 일을 참지 못하고 화를 내고 말았다.

3

행정복지센터에는 행정에 불만을 품은 사람뿐 아니라 단지 자신이 하는 일이 잘 풀리지 않는다는 이유만으로 찾아와 터무니없는 요구를 하는 사람들이 있었다. 그들은 막무가내로 굴며 소동을 피우면 생각지도 않게 일이 해결될 수 있다는 걸 경험으로 알고 있었다. 가능성은 그리 높지 않았지만, 아무것도 하지 않으면 아무 일도 일어나지 않는다는 세상의 법칙 또한 잘 알고 있었다. 모든 걸 떠나 누군가에게 울분을 쏟아냄으로써 그들은 잠시나마 정신적으로 치유되는 이득은 얻을 수 있었다. 그럴 때 행정복지센터 직원들은 그들에게 P

와 상담해보도록 권유했다.

처음부터 그랬던 것은 아니었다. 원래 민원 업무는 담당한 일에 따라 모든 부서에 골고루 돌아갔다. 어느 날 P는 타 부서 앞을 지나다 우연히 누군가 큰소리로 하소연하는 모습을 보게 되었다. 민원인은 P와 안면이 있는 사람이어서 P는 무슨 일인가 잠깐 들러보았고 어쩌다 이야기에 끼어들게 되었다. P는 그날 자신의 부서와 관련된 일이 아닌데도 끝까지 그의 이야기를 들어주었다. 그의 하소연이 터무니없고 요구사항이 막무가내인줄 뻔히 알면서도 P는 자리를 박차고 일어나지 못했다. 민원인은 퇴근 무렵이 다 되어서야 자리에서 일어섰다. 그는 센터를 나가려다 말고 다시 돌아와 P에게 몇 번이나 고맙다는 말을 하였다. 비슷한 일이 이후에도 몇 번 더 있었는데 그러자 P는 센터 직원들 사이에서 골치 아픈 민원인들의 해결사로 인식되어 버렸다.

P가 그날 그의 이야기를 끝까지 들어준 것은 공무원 직무에 대한 투철한 사명감이나 탁월한 도덕적 품성을 지녔기 때문은 아니었다. 몇 번 그들의 사정을 들어주는 일을 거부한 적이 있었다. 그런데 그럴 때마다 P는 후회스러운 감정이 들었다. 단순한 후회라기보다는 자책감을 넘어서 죄의식에 가까웠는데 어떤 날은 견디지 못하고 민원인의 집까지 찾아가 밤을 새워가며 이야기를 들어준 적도 있었다. P가 민원인의 일을 처리하는 모습을 보면서 사람들은 고개를 갸우뚱했다. P가 민원인을 위해 특별한 해결책을 제시해준 일은 없었기 때문이다.

P는 오로지 그들의 호소를 듣는 것에만 관심이 있는 듯 보였다. 이야기를 다 듣고 나면 P에게 그들의 요구사항들은, 마치 산책을 하다 몸에 붙은 검불이나 하루살이를 떼어내는 것처럼 무가치한 것으로 보였다. 결국 실질적인 해결책은 다른 사람들이 맡게 되었지만, 그렇다고 민원인들의 말을 끝까지 들어주는 소방관으로서의 P의 역할이 줄어든 것은 아니었다. 아마도 센터 직원들은 참을성 있게 끝까지 그들의 말을 들어주는 것보다는 민원인과 직접 얼굴을 대하지 않을 수 있다면 며칠이 걸리더라도 해결책을 찾아주는 방법을 택하였을 것이다. 누구나 그랬을 것이다.

50대의 민원인은 예전에 P가 자신이 불만을 제기한 일들을 잘 해결해주었다고 기억하고 있었다. P는 단지 그의 말을 끝까지 들어주었을 뿐인데도 민원인은 P가 기한이 지난 서류들을 어떻게든 기한은 맞추거나 늦춰서 그에게 도움을 주려했다고 기억했다. 사실 문제의 해결책을 찾아 노력한 직원은 따로 있었지만, 민원인은 그를 기억하지 못했다. 민원인은 담당 부서가 다른데도 일부러 P를 찾았다. 그는 자신이 일할 능력이 없으므로 당연히 국가에서 그가 최소한의 기본적인 생활을 유지하도록 지원을 해주어야 한다고 주장했다. 그럴 경우, 근로능력이 없음을 증명하는 확인서를 병원에서 발부받아 오도록 규정되어 있었다. 그러나 그는 병원에서 근로능력평가서를 받아오지 않았다.

그는 딱 봐도 알지 않느냐, 이처럼 기력이 없고 정신적으로 불안하고 우울하고 의욕이 없어 도저히 일을 할 여건이 되지 않는 사람인데, 병원은 나 몰라라하고 나라에서는 내팽개치니 이래도 되는 거냐고 소리를 질렀다. 대낮인데도 그에게서 술 냄새가 독하게 풍겨왔다. 그가 부인과 위장 이혼을 하고 재산을 자식과 부인 명의로 해두었고 가끔 근처 골프장에 골프를 치러 다닌다는 사실을 P는 알고 있었다. P뿐만 아니라 센터의 모든 직원들이 알고 있었다. P는 그가 이제까지 줄곧 근로능력평가서를 발부받아왔던 병원으로 연락을 해보았다. 병원은 재단이 바뀌고 새로운 병원장이 취임해 있었다. P는 새로 부임한 병원장으로부터 이전에 그의 상태가 어떠하였는지 알 수 없지만 이번에 자기가 진단해본 결과 그는 근로능력이 충분하다는 판단이 섰다는 대답을 들었다.

민원인은 세금으로 월급을 받는 자들이 왜 국민의 어려운 사정을 몰라라 하냐며 P에게 서류를 집어던졌다. 서류뭉치가 P의 얼굴에 부딪혀 책상과 바닥에 떨어졌다. P가 낮고 침착한 목소리로 민원인에게 책상과 바닥에 떨어져 흩어진 서류를 다시 모두 집으라고 말했다. 센터는 마침 정부의 어떤 행정정책을 시행하는 시범사업에 지정되어 모든 직원들이 민원이 발생하지 않도록 조심하고 있는 상태였다. 옆자리에 앉아 있던 여직원이 흩어진 서류를 줍기 위해 자리에서 일어났다. P는 그녀를 제지하면서 민원인을 똑바로 노려보며 당장 줍지 않고 뭐하느냐고 단호하게 말했다.

P가 민원인을 마주하고 있는 모습은 날카로운 검을 세워놓은 것 같아서 사람들은 다가서면 베일 듯한 느낌을 받았다. 그래선지 평소에 자신의 의견 표명은커녕 일상적인 대화조차 조심스러워하던 P가

민원인과 다투는 모습을 보면서도 사람들은 선뜻 나서지 못했다. 예전과 다른 P의 반응에 당황했는지 아니면 기세에 눌렸는지 민원인은 자신이 집어던진 서류들을 모두 집어들고 투덜거리며 도망치듯 센터를 빠져나갔다.

그날 P는 오후 내내 이상한 열기에 휩싸였다. 속에 작은 모닥불이 지펴진 것 같았다. 저녁 무렵이 되자 열기는 조금 사그라들었지만 무언가 명치 부근을 꽉 막고 있는 답답한 기분을 느꼈다. P는 무언지 모르지만 그것을 뱉어내면 속이 뻥 뚫려 편안해지겠단 생각이 들었다. 그것은 P에게 무척이나 갈급한 욕구였다.

4

그날은 부서 회식이 잡혀 있는 날이었다. 아내에게도 미리 얘기해 두었다. 그러나 P는 회식에 가지 않았다. 직장에는 급하고 중요한 일이 생겨서 참석을 못한다고 하였다. 그렇다고 P가 아내와 직장에 거짓말을 한 것은 아니었다. 아내에겐 회식이 있다고 얘기했었고 그것은 사실이었다. 급하고 중요한 일이 생긴 것 또한 사실이었다. 그날 P는 갑자기 술이 마시고 싶어졌다. 그것은 P에게 급하고 중요한 일이었다,

P는 회식에 참석하지 않고 혼자 시내 외곽에 있는 주점에 갔다. 늦은 가을이었고 비까지 부슬부슬 내려 밖은 이미 어둑어둑해지고 있었다. 술집은 어느 초등학교 후문 담벼락을 낀 골목에 있었다. P가 이곳을 처음 찾은 것은 3년 전이었다. 우연히 지인을 따라 들르게 되

었는데 그 후로 가끔 생각나면 혼자서 들르게 되곤 했다. P는 술을 즐기는 편이 아니라 술집 같은 곳엔 잘 가지 않는 편인데 왜 이곳이 문득문득 생각났는지 자신도 잘 알지 못했다.

그곳은 밖에서 보기에는 술집이라기보다 칼국수 등을 파는 여느 분식점과 다르지 않았다. P가 나무로 된 여닫이문을 열고 들어서자 이미 탁자 세 곳에 자리를 잡고 술을 마시고 있던 사람들이 일제히 P를 쳐다보았다. P는 구석의 빈 탁자에 자리를 잡고 앉았다. 술집은 특별한 장식이 없이 시멘트 바닥에 탁자와 의자를 적당히 배치해놓은 게 전부였다. 굳이 장식을 찾자면 그곳에서 술을 마시고 있는 사람들일 것이다.

탁자 세 곳을 차지하고 앉아 있는 사람들 모두 나름대로 특별하다면 특별했다. 한 곳에서는 검정을 잔뜩 뒤집어쓴 작업복의 중년 사내 둘이 노가리를 잘근잘근 씹으며 막걸리잔을 기울이고 있었다. 다른 한 곳은 이웃 초등학교 선생님들처럼 보이는 남자 넷이 동태찌개와 두부부침을 올려놓고 소주를 마시고 있었다. 마지막 세 번째 탁자에는 세 사람이 앉아 있었는데 그들은 각자 옷차림이 달랐다. 둘은 P에게 등을 지고 앉아 있었다. 그 중 한 명은 꽁지머리에 개량한복을 입고 있었고 다른 한 명은 등산화에 등산복을 입고 있었다. 맞은편으로 양복을 입고 카우보이모자를 쓴 사내가 앉아 있었는데, 등을 보인 두 사람 틈으로 P와 정면으로 마주 보였다.

P가 앉은 벽 쪽으로 안주와 술의 가격을 적어놓은 차림표가 붙어 있었다. 반대편 벽 쪽에는 액자가 하나 붙어 있었는데 어느 무명의

아마추어 화가가 쳐놓은 듯싶은 한 폭의 난이었다. 그림의 여백에 도연명의 귀거래사의 한 부분으로 보이는 한시 몇 구절이 화가 이외엔 아무도 알아볼 수 없게 휘갈겨 있었다. P가 액자와 차림표를 번갈아 쳐다보고 있을 때 나이가 서른 중반쯤 되어보이는 여자가 P에게 다가왔다. 그녀는 아무 말 없이 한참 P를 내려다보았다. 주인의 먼 친척 조카뻘 된다는 그녀는 어딘지 어설퍼보였다. 예를 들면 한번 주문을 받고 가서는 금방 다시 와 주문을 확인하곤 했다. 주문과 다른 안주나 나오기도 해서 사람들이 주인에게 항의하는 걸 본 적도 있었다. 그런 일이 없더라도 핀을 꽂아 머리칼이 흘러내리지 않도록 한 그녀의 단발머리 스타일과 무슨 일이 있어도 웃음을 잃지 않는 초승달 모양의 눈을 보면서 P는 영화 〈길〉의 여주인공 '젤소미나'를 떠올렸다. 영화 속에서 '젤소미나'의 얼굴은 우는 표정인데도 눈은 항상 웃고 있었다. 지금 P를 무심히 내려다보고 있는 그녀 역시 아무리 바쁘고 힘들어도 눈에서 미소가 사라지는 법이 없었다.

P는 막걸리와 메밀부침을 시켰다. P의 부친 또한 막걸리를 즐겼었다. P의 부친은 언제나 캄캄한 식탁에 앉아 혼자 술을 마시곤 했다. 부친은 식구들이 모두 잠든 뒤 불도 켜지 않은 어두운 식탁에 홀로 앉아 막걸리를 마셨다. 식탁 위에는 배터리와 함께 노란 고무줄로 친친 동여맨 손바닥만 한 트랜지스터라디오가 놓여 있었다. 실향민이었던 부친은 모두 잠이 든 늦은 밤 대북 단파방송을 들으며 막걸리를 마셨다. 부친은 술이 취하면 자고 있는 P를 깨워 식탁 앞에 앉히고 자신이 살아온 이야기를 했다. 그럴 때마다 P는 밤새 이야기를 들어

야 했다.

P는 어렸고 (아마도 초등학교 고학년이나 중학교 무렵이었을 것이다) 부친은 P에게 강하고 두려운 존재였다. 부친의 이야기는 언제나 한결 같았다. 단신으로 월남하며 겪었던 전쟁의 비참함과 이제껏 홀로 외롭게 헤쳐온 고난의 시간들을 거쳐 마지막은 항상 공산주의에 대한 증오와 돈과 쾌락으로 미쳐가는 남한 사회에 대한 성토로 끝이 났다. P는 무슨 이야기든 상관없이 그 시간이 빨리 끝나기만을 바랐지만 부친의 한탄은 새벽까지 계속 되었다.

그러다 어느 날 P가 자리에서 벌떡 일어섰다. "저는 이제 그만 가겠습니다." 눈을 감고 혼자서 독백으로 공산주의에서 남한의 천민자본주의로 막 넘어가려던 부친이 눈을 번쩍 떴다. 부친이 일어서는 P의 손목을 붙잡았다. 부친의 눈자위는 붉게 충혈되어 있었다. P는 당연히 부친의 눈에서 분노를 보게 될 줄 예상했다. 그러나 P는 부친의 눈에서 두려움을 보았다. 부친은 언젠가 이런 순간이 올 줄을 알고 있었던 것 같았다. P의 손목을 잡았던 부친의 손이 힘없이 미끄러져 내렸다. 부친이 고개를 숙이며 P의 눈길을 피했다. P는 자리에서 일어나 자신의 방으로 성큼성큼 걸어 들어갔다. 그 후 P는 다시는 부친의 식탁에 앉지 않았다.

한참 시간이 흐른 후,(제대 후 복학을 기다렸던 때인지 아니면 복학을 했던 때인지 잘 기억나지 않지만, 그 무렵쯤) 밤중에 부친이 자고 있던 P를 깨웠다. 그날은 웬일로 부친에게서 술 냄새가 나지 않았다. P는 눈을 부비며 컴컴한 식탁 의자에서 부친과 마주 앉았다. 식탁에는 백지 한 장과 볼펜이 놓여 있었다. 부친이 백지의 맨 위에서부터 한문으로 이름을 적어 내려갔다. 한 계단씩 내려가며 이름들이 적혔다. 부친은 맨 아래 계단을 마지막으로 P의 이름을 적었다. 그리고 P의 이름 옆으로 두 개의 이름을 더 적어넣었다.

부친은 맨 위 계단의 이름부터 손가락으로 짚어내려갔다. "이분이 네게 증조부시다. 이분은 조부시고. 그리고 이분들은 네 작은 아버지들 되신다." 부친은 힘에 부친 지 맨 아래 계단에서 잠시 숨을 골랐다. "아마 너도 이미 알고 있을지 모르겠다만 네 형들이다. 혹시라도 나중에 왕래할 수 있는 세상이 오면 소식이나 한번 넣어봐라. 내 살아생전 얼굴 보긴 힘들 것 같고…."

5

P는 혼자 술잔을 기울이며 조금씩 취해갔다. 술을 잘하는 편이 아닌데도 P는 혼자서 막걸리 한 통을 거의 다 비웠다. P는 마치 어두운 부엌에 혼자 앉아 있는 것처럼 느꼈다. P의 귓전에 대북 단파방송이 맴돌았다. P는 언젠가 부친과 부친의 이북 고향 친구 두 분이 안방에서 술을 드시며 나누던 대화가 생각났다. 일부러 대화를 들으려고 했던 것은 아니었다. 당시에는 어느 집이든 한쪽에서 하는 이야기가 집안 구석구석에 들릴 만큼 집이 작았다.

P는 그날 대화 중에 부친이 피난올 당시에 이미 결혼을 한 상태였고 북한에 처자식을 두고 혼자서 내려왔다는 사실을 알게 되었다. 그것은 P에게 이복형제가 있다는 말이었고 P의 어머니는 두 번째 부인

으로 옛날로 따지자면 P는 소실이나 후처의 자식인 셈이었다. P의 어머니는 이미 그 사실을 알고 있었는지 두 사람에게 조그맣게 이야기하라며 주의를 주었을 뿐이었다.

P는 혼자서 막걸리 한 통을 다 비웠고 다시 한 통을 새로 주문하였다. '젤소미나'가 막걸리를 가져다주며 다시 데워다주겠다며 다 식어버린 메밀부침을 가져갔다. P는 이곳에서 메밀부침을 처음 먹어보았다. 처음엔 그냥 밍밍하고 심심하고 들풀 섞인 밀가루덩어리 같았는데 언제부턴가 그 맛이 입에 감기기 시작했다. 그러다 비라도 구질구질 내리는 날이면 불현듯 이 집의 메밀부침이 생각나 한동안 입속이 근질거리곤 했다. '젤소미나'가 새 막걸리 한 통과 따뜻하게 데운 메밀부침을 놓고 갔다. 여기저기 주문받아 술과 안주를 갖다놓느라 바쁜지 콧잔등에 땀이 송송 맺혀있었다. 얼굴엔 힘든 표정을 지었지만 눈은 웃고 있었다.

P는 막걸리를 잔에 새로 따라 한 잔을 모두 비웠다. P가 뜨듯한 메밀부침을 한 조각 입으로 가져가려 할 때 꽁지머리 일행의 탁자 앞에서 있는 젤소미나가 보였다. 그들은 그곳의 단골인 듯했다. 젤소미나에게 무슨 이야기를 하며 뭐가 재미있는지 셋이서 큰소리로 웃었다. 세 명이 앉은 탁자에는 의자가 네 개 놓여 있었고 카우보이의 옆자리는 비어 있었다. 카우보이가 젤소미나에게 옆자리에 앉으라면서 손목을 잡아끌었다. 손목을 뿌리치면서 젤소미나의 손이 탁자 위 술병에 부딪혔다. 술병이 바닥으로 떨어져 깨어졌다. 카우보이가 젤소미나의 허리를 붙들고 억지로 앉히려 했다. 젤소미나가 버티다가

의자와 함께 넘어졌다. 젤소미나가 바닥을 짚으며 쓰러졌고 손바닥에 깨어진 병 조각이 박혔다. 젤소미나가 피가 흐르는 손을 붙들고 일어서며 울음을 터뜨렸다. 순간 P가 자리를 박차고 일어났다. 카우보이가 P를 바라보았고 두 사람의 눈이 마주쳤다. P는 어찔한 현기증을 느꼈다.

P는 비틀거리는 걸음을 의식하여 되도록 똑바로 걸어서 카우보이에게로 다가갔다. 그 동안에도 두 사람은 서로 노려보며 시선을 피하지 않았다. P는 양복 주머니에서 손수건을 꺼내 젤소미나의 손에 난 상처를 감싸 지혈을 하였다. 젤소미나가 울음을 멈추고 P를 바라보았다. 젤소미나의 눈은 눈물로 가득 차 있었지만 여전히 웃고 있었다. 삐에로 분장을 한 것처럼 보였다. 탁자 위에는 그들이 모두 마셔 비어 있는 소주병이 두 병 놓여 있었다. P는 카우보이의 모자를 벗겼다. 성긴 머리털이 듬성듬성 나 있는 대머리였다. P는 빈 소주병 하나를 들어 머리를 내려쳤다. 병이 깨어지면서 유리 조각이 정수리에 박혀 피가 튀어 올랐다. P는 또 한 병을 들어 다시 이마를 내려쳤다. 카우보이 이마의 피부가 너덜거리면서 두개골이 하얗게 드러났다. 카우보이가 P의 손목을 붙잡고 P에게서 깨진 병을 빼앗아들었다. "병으로 사람을 내려칠 땐 그렇게 하는 게 아니야." 카우보이가 몸통이 떨어져 나가고 목만 남은 깨진 소주병을 다시 P에게 건넸다. "이제 잘할 수 있지? 자, 다시 한번 해보자고. 기운 내라고, 친구."

P의 귀에 사람들의 비명소리가 들려왔다. P는 이마를 탁자에 기대고 의자에 앉아 있었다. P는 고개를 들어 앞을 바라보았다. 자꾸만 눈이 감기려 해서 P는 눈에 힘을 주었다. 꽁지머리와 등산복이 바닥에 쓰러져 있는 카우보이를 일으켜 세우는 모습이 흐릿하게 보였다. 카우보이의 머리에서 피가 흐르고 있었다. 그들의 앞에 검은 작업복 차림의 사내가 깨진 술병을 들고 서 있었다. 멀리서 사이렌 소리가 들렸다. 소리는 점점 커지다 주점 앞에서 멈추었다. 잠시 후 경찰 셋이 주점의 미닫이문을 열고 들어섰다.

밖에는 비가 세차게 내리고 있었다. 경찰들이 문을 닫지 않았으므로 열린 문으로 비바람이 들이쳤다. P는 자리에서 일어나 열린 문을 통해 밖으로 나갔다. P의 얼굴과 옷이 금방 비에 흠뻑 젖었다. P는 휘청거리며 골목길을 빠져나왔다. 큰길가로 나오니 초등학교 교문이 보였다. P는 학교 안으로 들어갔다. P는 운동장 한가운데 팔을 벌리고 길게 누웠다. 시커먼 하늘에서 빗방울들이 쏟아져내렸다. P는 언젠가 부친에게 꼭 물어보고 싶었던 질문이 생각났다. "왜 그리 쉽게 손을 놓은 겁니까?" 그러자 부친이 호탕하게 웃으며 말했다.

"그걸 네가 알지 내가 어떻게 알겠느냐?"

P는 비틀거리며 일어났으나 몇 발짝 떼지 못하고 허리를 꺾고 주저앉았다. P의 깊은 속에서 뜨거운 것이 치밀어올랐다. P의 목젖 깊은 곳에서 짐승이 우는 소리가 났다. P는 그것을 울컥거리며 토해냈

다. 막걸리와 메밀부침 냄새가 운동장 젖은 흙 속으로 배어들었다.

6

P는 술집 골목에 차를 세워둔 채 초등학교 앞 큰길에서 택시를 탔다. P는 아파트 조금 못미처 공원 입구에서 내렸다. 그곳 벤치에 잠시 앉아 담배를 한 대 피우고 들어갈 참이었다. P가 택시에서 내릴 때 비는 이미 그쳐 있었다. 공원은 큰길에서 안으로 원을 그리며 납작한 자갈을 깔아 산책로를 만들어놓았고 P는 그 길을 따라 공원 안쪽으로 걸어들어갔다. 낮은 관목 울타리 뒤로 은행나무와 벚나무들이 듬성듬성 심어져 있고 나무 벤치 세 개가 십여 미터 간격으로 놓여 있었다. P는 그 중 맨 바깥쪽 벤치에 앉았다. 벤치에는 비가 온 흔적이 남아 있었지만 P는 닦지 않았다. P가 벤치의 끝에 엉덩이를 걸치고 앉아 있었기 때문에 P의 옆자리로 서넛은 넉넉히 앉을 수 있을 것 같았다. 가로등 불빛 아래 와글와글 모인 하루살이들이 뿌연 안개처럼 보였다. P는 담배를 한 대 피워 물고 가로등 빛 아래로 훅 내뿜었다.

고등학생으로 보이는 아이 셋이 숲속에서 걸어나와 공원 안쪽 가로등이 비치지 않은 컴컴한 벤치에 앉았다. 둘은 교복을 입고 한 명은 검은 후드를 걸치고 있었다. 후드가 일어나 P의 벤치 반대쪽 방향 산책로로 사라졌다가 공원을 한 바퀴 빙 돌아 P가 앉은 벤치에 나타났다. 후드가 주머니 양쪽에 손을 넣은 채 P를 향해 머리를 숙였다.
"아저씨 혹시 담배 있으면 하나만 빌릴 수 있을까요?" 후드에 가려 눈은 보이지 않았고 코 아래 깎지 않은 수염이 지저분했다. P는 담배를 하나 꺼내주었다. "기왕이면 불도 좀 빌려주실래요?" P는 라이터를 켜서 불을 붙여주었다. 라이터 불빛에 비친 후드의 눈이 작고 동그래서 의외로 귀염성이 있어 보였다.

"저기 애들 보이시죠? 재들 피울 것도 좀 주시면 안 돼요?" P는 담배를 갑째로 건네주었다. "아저씨 우리가 배가 많이 고파서 그런데 컵라면 사먹게 돈 좀 주시면 안 돼요?" P는 지갑을 꺼냈다. 지갑에는 택시비를 내고 거슬러 받은 천 원짜리와 만 원짜리 몇 장이 들어 있었다. P는 짚이는 대로 몇 장을 후드에게 건네주었다. 후드가 돈을 받으러 손을 내미는 순간 P가 후드의 손목을 움켜잡았다. "너 여기 좀 잠깐 앉아볼래?" P가 손목을 세게 당기는 바람에 후드가 얼떨결에 P의 옆자리에 앉았다. "어어, 이 아저씨 왜 이러지?" 후드가 크게 소리를 치자 구석에 앉아 있던 두 녀석이 일어나 P가 앉은 벤치 쪽으로 다가왔다. "야 이건 또 무슨 엿 같은 시추에이션이냐? 아저씨 그 손 못 놔?" 교복 입은 녀석은 덩치도 컸고 인상도 험악했다. 교복은 한 손으로 P의 멱살을 붙잡고 한 손으론 후드의 손목을 잡고 있는 P의 손을 후려쳤다. 후드의 손목을 놓친 P가 교복의 손목을 다시 잡았다. 교복이 P의 멱살을 잡아흔들면서 셋은 벤치 아래로 뒹굴었다.

그때 가까이 개 짖는 소리가 들렸고 곧이어 산책을 나온 모녀처럼 보이는 두 여자가 개를 끌고 나타났다. 그들은 벤치에서 벌어지는 장면을 보자 바로 돌아서 오던 길을 되돌아나갔다. P와 엉켜 있던 녀석들이 후다닥 뛰어 반대쪽 길로 사라졌다. 그 후로 P는 한동안 벤치에 앉아 있었다.

P는 하루의 일들을 찬찬히 생각해보려 노력했다. 그러자 지금까지 벌어진 일들이 P에게 자명해졌다. P는 캄캄한 밤중에 홀로 의자에 앉아 있었다. P의 옆에는 의자가 하나 있었고 그곳은 비어 있었다. P는 누군가 그곳에 앉길 바랐다. P는 그에게 무슨 말인가 하고 싶었다. 그가 누구이든 자신이 하고자 하는 말이 무엇이든 상관없었다. P는 그가 자리에서 일어나 가버리지 않을까 두려웠다. 그러나 두려워한다고 해결되는 일은 없었다. 그러므로 손목을 잡는 것도 그 손목을 놓쳐버린 것도 P로서는 어쩔 수 없는 일이었다. P의 감긴 눈꺼풀을 뚫고 경찰 순찰차 경광등 불빛이 번쩍였다.

P의 아내는 얇은 카디건만 하나만 걸치고 있어서 급하게 뛰어나온 표시가 났다. P 또한 비를 맞으며 운동장 흙바닥에 누워 있어서 옷이 엉망이었다. 공원에서 후드 녀석들과 실랑이를 벌이느라 양복 상의도 찢어져 있었고 와이셔츠는 바지 밖으로 나와 있었다. 하지만 경찰서 안에서는 이런 옷차림들이 어색하지 않고 잘 어울렸다. 경찰서에는 두 명의 근무자가 있었다. 고참으로 보이는 사람은 탕비실 안에서 커피를 타와 입으로 후후 불어가며 마시고 있었고 이제 막 순경을 단 것으로 보이는 젊은 경찰은 P를 앞에 두고 이런저런 질문을 하며 자판을 두드리고 있었다. 보고서를 작성하느라 그의 시선은 온통 모니터에 가 있었다.

“이분이랑 어떻게 되시죠?” P의 아내가 들어올 때 한번 힐긋 쳐다봤을 뿐 젊은 경찰은 계속 모니터만 바라봤다.

"제 남편이에요."

경찰과 P를 번갈아보는 아내의 얼굴에 이게 다 무슨 일이냐는 표정이 역력했다.

"공원에서 싸움이 났다고 신고가 들어와서요. 아마 불량배들한테 당한 것 같습니다."

"어디 다친 데는 없어요?"

P에게 물어본 건지 경찰관에게 물어본 건지 애매해서 두 사람이 생각하느라 잠시 침묵이 흘렀다.

"특별히 다치신 데는 없는 것 같으니 안심하셔도 됩니다."

경찰관이 먼저 입을 열었다.

"가끔 말썽을 피우는 불량배 녀석들인데 그렇다고 아주 못된 짓을 하진 않는 편이죠."

소파에 앉아 커피를 마시던 고참이 끼어들었다.

"그래도 늦은 시간 공원에 혼자 계시는 건 아무래도 위험할 수 있어요. 게다가 오늘처럼 비가 내려 구질구질한 날엔 말이죠,"

고참이 커피를 후루룩 마시며 뜨거운지 인상을 썼다.

"그런데 남편 분이 자기 직업이 소설가라고 하던데 맞나요?"

그래서 재미가 있다는 건지 아니면 믿기지가 않는다는 건지 알 수 없는 표정으로 젊은 경찰이 물었다. 질문을 받은 아내의 눈이 커지며 순간 당황한 빛이 스쳤다. 그러다 이내 평정을 되찾고 아내는 깊은 한숨을 내쉬었다.

"네, 맞아요. 이이가 그렇다면 아마도 그럴 거예요."

P를 바라보는 아내의 눈은 슬퍼보였지만 얼핏 웃는 것처럼 보이기도 했다.

경찰서를 나온 P와 아내는 집을 향해 걷기 시작했다. 집을 향한다고 했지만 사실 그들은 자신들이 가는 방향이 어느 쪽인지 알지 못했다. 택시를 잡아야 하지 않을까 생각하면서도 P는 아내가 몇 걸음 앞에서 어깨를 축 늘어뜨리고 걸어가고 있었으므로 무작정 아내의 뒷모습만을 따라 걷기로 했다. 잔뜩 낀 구름 틈새로 달빛이 새어 나와 제법 운치가 있었다. 뒷모습이지만 아내를 이렇게 오랫동안 자세히 바라보는 것은 정말이지 오랜만이었다.

P는 주정뱅이 소설가를 남편으로 둔 갱년기 여인을 소재로 소설을 한 편 써볼까 하는 생각이 문득 들었다.

단독자

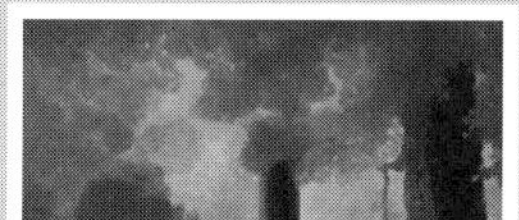

단독자

1. 펜트하우스

인간이 사회적 동물이라는 말은 개웃기지만 반은 맞는 말이기도 하다. 인간이 동물이란 점에서는 그렇다. 잠시도 가만있지 못하고 항시 꼼지락거리며 움직인다는 의미에서 인간은 동물적이다. 그러나 그것 말고 인간이 동물과 특별히 다른 점을 나는 발견하지 못한다. 직립하여 움직이거나 말을 하거나 도구를 사용한다는 점에서 동물과 스스로를 구별하는 인간들이 있긴 하지만, 그들이 움직이고 말하고 손을 사용해서 하는 일이란 게 도대체 다 무엇인가? 가만 보면 그들이 하는 행동들 모두는 결국 먹고 싸는 일로 귀결된다. 그런데 문제는 그들 스스로는 먹는 문제를 해결하지 못한다는 것이다. 그들이 살기 위해서는 누군가를, 어떤 종류의 생명체든 죽여야 한다. 그런 의미에서 진화 피라미드의 정점은 동물이 아닌 식물이 맞다.

식물은 자급하며 자족한다. 스스로를 키우고 자라다 늙어 죽는다. 이를테면 그들 하나하나는 외부에 의지하지 않고 스스로 살아가는 단독자들이다. 물론 그들도 햇볕과 공기를 이용하여 광합성을 하며 살아가지만 내가 말하는 외부란 자신 밖의 생명체를 말한다. 그들은 적어도 생명체를 죽여서 생존하지는 않는다. 그러므로 그들의 죽음 또한 단독적이다. 그들은 햇볕에 몸을 말려 바람에 깎여 사라진다.

식물의 풍장은 그래서 늠름하다. 의젓하다. 그에 비하면 동물은 보채고 칭얼대는 갓난애 수준이다.

그 중에서도 인간이란 종은 창피한 줄 모르고 대놓고 보챈다. 그들의 관심의 종착지는 자신의 이익과 쾌락이다. 인간이 고안해낸 사회라는 개념이 서로의 욕망을 조금씩 양보하여 최선의 이익을 창출해내는 공통체적인 선의 집합체라면, 인간은 결코 사회적이지 않다. 그것은 사회라는 유기체가 만들어낸 모종의 음모론적 선동구호일 뿐이다. 내 생각에 인간은 '사회적'이 아니라 '회사적'인 존재가 맞다. 회사의 뼈대와 근육은 개인적 이익을 추구하는 인간의 구조를 그대로 본떠왔기 때문이다. 그것을 나는 회사라는 족쇄에서 풀려난 지 삼백하고도 십육일째가 되는 오늘 더더욱 실감하고 있다.

나는 지금 도시 전체가 내려다보이는 초고층 건물의 옥상 위에 서 있다. 도시의 중심에서 적당한 거리에 떨어진 (외곽도 중심도 아닌 이곳은 어느 곳에도 속하고 싶지 않은 내 취향과 잘 들어맞는다) 녹지대에 신축된 건물의 펜트하우스 옥상 정원에서 내려다본 도시는 뿌연 안개에 잠겨 있다. '카스파르 다비드 프리드리히'의 그림 〈안개바다 위의 방랑자〉처럼 바위투성이 산 정상에서 내려다보는 낭만적 풍경은 아니지만, 이곳에서 인간 세상이 소비하고 뱉어낸 온갖 쓰레기들이 하늘로 흩어지다 잠시 도시 상공에 머무는 광경을 바라보는 일도 그리 나쁘진 않다.

펜트하우스 옥상에서 내려다보면 도시는 장난감가게의 미니어처처럼 보인다. 굵은 목탄으로 선을 그어놓은 듯한 도로는 뿌연 안개로 덮여 있고 자동차와 사람들이 안개 속을 수초처럼 흐느적거린다. 일 년 전만 해도 나 또한 그곳을 해파리처럼 흘러 다니고 있었다. 회사적 동물로서 말이다. 그렇다고 내가 회사라는 족쇄를 스스로의 의지로 벗어던진 것은 아니다. 돌아보면 세상 모든 일이 그러하듯 그 또한 어쩌다보니 그렇게 되어버린 것뿐이다. 굳이 표현하자면 다양한 양태의 삶의 수많은 파도 중 하나가 무심히 나를 휩쓸고 지나갔다고 할 수 있겠다. 그걸 굳이 운명이라면 운명이라 부를 수도 있을 것이다.

하필이면 나 혼자만 십 년 만의 가족여행에서 빠지게 된 것 하며, 하늘의 항공모함처럼 늠름하던 보잉 점보 여객기가 한낱 새떼들의 습격으로 보조엔진까지 망가져 태평양 바다 속으로 고래처럼 잠수해 들어간 것까진 그렇다 치자. 여행길에 본가와 처가의 어른들과 아이들까지 포함한 모든 존속과 비속들이 함께 타고 있었는지, 지금의 나로선 운명 말고 달리 설명할 방법이 없는 것이다. 그리하여 사회적(아니 회사적) 관계는 물론 부계와 모계를 망라한 원시공동체적 가족제도로부터까지 떨어져 나온 지 일 년이란 시간이 흘렀다. 그 시간의 초반에 나는 극심한 상실감과 함께 우울과 망상에 시달렸다. 여기가 마지막 벼랑 끝이라 느꼈을 때 문득 (이것도 우울증 증상 중의 하나일지도 모르겠지만) 지금 일종의 인간이란 개체의 본질을 탐구하는 실험적 상황에 놓인 듯한 기분이 들었다.

그렇게 내가 나를 무심히 타인처럼 바라보자 매일 매일 엄습하는 죽음에 대한 유혹과 극단적인 무기력 상태에서 조금씩 벗어나게 되었다. (지금 생각해보면 아마도 살기 위해 무언가라도 붙잡으려는 자기보존의 본능이었을지도 모르겠다.) 언제라도 삶을 벗어던질 수 있지만 그러기 전에 실험의 결과가 어떻게 나올지 알고 싶어졌다. 억지로 찾아낸 것일지 모르지만 아무튼 살아가는 의미가 생겨난 것이다. 나는 세상이 가장 잘 내려다보이는 도시의 가장 높은 빌딩 35층 펜트하우스로 거처를 옮겼다. 옥상에 조성된 개인 정원에는 100mm 초정밀 렌즈가 달린 펜탁스 망원경을 설치했다. 나는 나 자신을 포함하여 세상 전체를 면밀히 관찰하기 시작했다. 이 모든 일이 가능했던 것은 그날의 불행했던 사고 때문이기도 하니 이 또한 운명의 장난이라면 장난일 것이다.

나의 은행 계좌에는 이런저런 경비와 세금을 제외한 80억 원이라는 사고보상금이 입금되어 있다. 돈은 시간이 지날수록 이자에 이자가 붙으면서 계속 덩치를 불려나갔다. 그날 이후 세상과의 모든 관계를 끊어버리고 집안에만 틀어박혀 있었으므로 사회적 관계를 유지하는 비용이 전혀 들지 않았고, 따라서 은행의 잔고는 80억의 숫자로부터 자동적으로 기하급수적인 증가를 보이고 있었다. 한때 나는 시험 삼아 숫자를 80 아래로 떨어뜨리고자 노력해본 적이 있었다.

인터넷을 초고속 프리미엄으로 신청했고 매일 배달해 먹는 햄버거를 치킨버거에서 프리미엄 스페셜로 바꾸었다. 그림물감은 홀베인을 일본에서 직수입해 보았다. 하지만 나는 일주일도 지나지 않아 내 위장의 한 끼 용량으로 딱 알맞게 세팅된 치킨버거, 감자칩, 칠성콜라로 이루어진 일반세트 메뉴와 예전에 쓰던 국산 신한물감으로 되돌아갔다. 나는 곰곰이 생각해보았다. 나는 왜 홀베인과 프리미엄 버거에 거부감을 느끼는가? 나는 내가 바뀌었다는 결론을 내렸다. 회사적 동물로부터 차츰 벗어나고 있는 증거라 확신했다.

그렇다면 이번에 내게 닥친 실험은 (결코 시련이 아니다) 성공적으로 진행되고 있는 것이다. 내가 이곳 35층 펜트하우스 거실 문을 나서면 펼쳐지는 옥상의 개인 정원 베란다에 나가 옷을 벗고 드러누워 햇볕을 쪼이는 일이 이제는 어색하지 않고 오히려 편안하게 느껴진다는 사실이 이를 증명하고 있었다. 그것 말고도 나는 예전처럼 습관적으로 매일 샤워를 하거나 속옷을 갈아입지 않는다. 하다못해 세수나 손발을 씻는 일도 하지 않는다. 청결에 관해서는 노숙자와 별로 다를 바가 없다. 내가 회사적이지 않다는 확신이 들면서 자유로운 기분이 들었다.

그러나 나의 자유는 노숙자의 그것과는 근본적으로 달랐다. 진정한 자유란 그것을 행하는 것이 아니라 행하지 않음에 있기 때문이다. 말하자면 진정한 자유란 이처럼 초고급 호화 아파트에서 노숙자처럼 지내는 것을 말한다. 권력 또한 그러했다. 내게 있어 진정한 권력이란 80억을 계좌에 쌓아놓고 있음에도 그것을 이용해 타인을 노예처럼 부리지 않는 것을 의미했다. 나는 마음만 먹으면 푹신한 침대에서 하루 종일 뒹굴 수 있으며 스파가 설치된 넓은 욕조에 따듯한 물을 가득 채우고 비누 거품목욕을 할 수도 있다. 나는 돈으로 사람들의 시간을 사서 그들에게 내가 원하는 일을 시킬 수 있다. 그들의 자존심을 짓밟고 그들이 소중하게 여기는 사람들을 모욕하고 그들의 신념을 짓밟을 수 있다.

하지만 나는 그렇게 하지 않는다. 언제든 마음만 먹으면 할 수 있음에도 굳이 하지 않는 것. 그것이 진정한 권력이고 자유임을 알아가고 있다. 죽음을 선고한 후에 다시 그 죽음의 선고를 거두어들이는 것. 죽어 마땅한 죄인을 용서하고 그의 이마에 입을 맞추는 것. 버러지보다 못한 더러운 존재가 자신의 식탁에 함께 하도록 은혜를 베푸는 것. 그것이 진정한 권력인 것이다.

나는 아침 11시에 정확히 도착하여 벨을 누르는 치킨버거 배달원을 상대하며 이를 실감한다. 배달온 청년이 버거를 내밀면서 내 위아래를 신기한 듯 훑어보거나 손가락으로 코를 감싸며 얼굴을 찡그려도 나는 버거 대리점장에게 항의하거나 아니면 나의 개인 변호사를 시켜 해고하도록 본사에 압력을 넣지 않는다. 나는 그럴 수 있음에도 불구하고 그렇게 하지 않는 나의 권력을 만끽한다.

이 녀석이 코를 틀어막는 이유를 내가 전혀 이해하지 못하는 건 아니다. 하지만 기껏 한 달밖에 되지 않았는데도 심하게 얼굴을 찡그릴 때면 가끔은 속에서 무언가 욱하고 치밀기도 했다. 이러한 자유를 누리기까지 적지 않은 고통의 시간을 보내야 했기 때문이다. 첫 삼 일이 고비였다. 씻지 않고 지내는 시간이 사흘째가 되면 무엇보다 머리가 가려워서 견디기가 힘들어진다. 나는 몇 번이나 참지 못하고 머리를 감고야 말았다. 그러나 몇 번의 실패 후에 마침내 사흘의 고비를 넘기게 되었다. 그러자 러너스하이처럼 편안한 상태가 찾아왔다.

열흘이 지나면서 다시 고비가 왔다. 이번에는 가려움이 아니라 통증이었다. 두피의 아픈 부위를 건드리자 딱지가 떨어져 나오며 피가 배어나왔다. 나는 잠시 두려움에 휩싸여 (생명이 위협받는다는 환상에 잠시나마 두려움에 휩싸였다는 사실이 지금 생각해도 수치스럽기 그지없다) 그만 머리를 감고 말았다. 통증과 출혈로 거의 한 시간 가까이 머리를 감으며 나는 울었다. 아파서가 아니었다. 그것은 나라는 유기체를 감싸는 외피의 변화와 감각에 여전히 휘둘리며 모처럼의 실험의 기회를 낭비해버린다는 회한 때문이었다. 사랑하는 사람들이 죽음으로 선물한 이 귀한 시간이, 식물처럼 진화의 꼭짓점에 서서 단독자로서 살아가다 의젓하게 죽을 수 있는 기회가 헛되이 날아가버릴 수 있다는 안타까운 때문이었다.

나는 마치 화상환자를 치료하듯 조심스레 두피의 딱지를 걷어내면서 한 달을 버텨냈다. 그러자 마침내 가려운 감각도 통증도 모두 사라졌다. 나는 소나무 껍질처럼 튼튼하고 윤이 나는 피부와 두피를 갖게 되었다. 머리털은 기름을 덕지덕지 바른 듯 뭉쳐 다녔고 솔잎처럼 검게 푸르렀다. 몸에서는 아마도 진한 송진 냄새가 났을 것이다. 저곳 낮은 거리 세속의 사람들, 그러니까 회사적 동물들은 아마도 그 냄새를 참기 힘들어할 것이다. 엄지와 검지로 코의 구멍을 틀어막고 미간에 깊은 주름을 만드는 녀석을 나는 그러므로 충분히 이해할 뿐 아니라 나아가 그에게서 연민을 느낀다. 나는 이러한 나의 자유와 권력이 정말이지 마음에 든다.

배달된 치킨버거로 아침 겸 점심을 때우고 나면 나는 남은 하루를

종일 글을 쓰거나 그림을 그리며 보낸다. 글과 그림 또한 내가 겪고 있는 식물적 단독자라는 실험의 범주 안에 있다. 사실 나는 지금 내가 쓰고 있는 이 글의 장르를 알지 못한다. 시가 아니란 건 확실하지만 수필인지 수기인지 고백문인지 반성문인지 아니면 소설인지 도통 모르겠다. 그런 게 중요하진 않더라도 쓰레기 같은 잡문인 건 확실하다. 나는 진정 그러한 장르이길 소망한다.

나는 이 글을 누군가 보아줄지도 모른다는 가정 하에 글을 쓰고 있다는 느낌이 들 때면 자판 두들기기를 멈춘다. 그리고 얼마 동안이고 기다린다. 허공을 향해 자판을 두들기는 느낌이 확실히 들 때까지. 모든 글의 첫 독자는 자신이므로 나는 내 자신 조차 허공이 되기를 기다린다. 그러면 나는 자판이 아니라 깜깜한 허공을 두드리는 셈인데 그럴 때면 누군가 내 손가락을 이용해 자판을 두드리고 있어서 나는 그저 컴퓨터 액정 화면에 기호가 찍히고 그 음소들이 조합되어 음절이 되고 단어가 되고 문장이 되어가는 모습을 우두커니 지켜볼 뿐이다. 그런 의미에서 나는 작가 이전에 독자이다.

나는 내 안의 문장들이 흘러나와 액정 안에 고이는 것을 무심히 바라본다. 그것은 눈물겨운 일이다. 그것은 내 안에 회사적 동물과 가족제도에 얽힌 기억이 그리움으로 고여 있다 흘러나오는 때이기도 하다. 나는 내 안에 고여 있던 동물적 삶의 찌꺼기들이 실컷 흘러나와 모두 빠져나가기를 소망한다. 아직까지 그런 쓰레기들이 고여 있다는 사실이 놀랍기도 하거니와 어떤 면에서는 수치심이 들기도 한다. 그것은 내가 사회와 가족과 인간의 모든 전제 조건으로부터 벗어나 그냥 스스로 존재하기로 결심했던 순간에 대한 부끄러움이기도 하다. 그날 나는 내 생명 자체 또한 거추장스럽게 여기기로 작정했던 것이다.

내가 쓰는 글뿐만 아니라 내가 그리는 그림 또한 단독자의 큰 그림 안에 들어 있다. 언젠가부터 나는 명암과 양감과 형체에서 벗어나기 시작했다. 굵은 선 안에 섬세한 디테일이 있고 진한 어둠 속에 미세한 부피와 밀도가 숨어 있기를 원했다. 어둠이 어둠으로 디테일이 디테일로서만 드러나는 그림은 천박하다. 삶도 그러하다고 나는 믿는다. 단독자의 삶은 어두운 죽음 안에 있다. 그는 아무도 모르게 죽음을 살아낼 것이다. 아무도 몰래 햇볕에 말라 조금씩 바람에 날아가 소멸할 것이다.

그러다 나는 얼마 전부터 어떤 한 사람의 인생이라도 나의 죽음과 조금이라도 연결되어 있길 바라게 되었다. 나와 인연의 끈으로 연결된 소중한 사람들, 삶과 죽음으로 연결된 사람들이 사고로 모두 사라져버렸으므로 나는 그 기회를 태평양 속으로 한꺼번에 날려버린 셈이었다. 바다 속을 잠시라도 유영했던 비행기의 깨어진 동체가 남긴 궤적이 마지막 삶의 흔적이라면 나는 그것을 어떻게든 다시 잡아보고 싶은 생각이 들었다. 그리고 마지막으로 연결된 그 끈을 순전히 나의 의지로 끊어내버리고 싶어졌다. 나비 문신 여자에게 바라는 건 그것 하나였다.

2. 옥상 위의 여자

두터운 구름이 도시의 하늘을 온통 뒤덮어 햇볕 한 조각 찾아볼 수 없지만 나는 습관적으로 옷을 벗고 발코니 선베드 위에 눕는다. 도시는 재를 뒤집어쓴 듯 우중충하다. 회색의 땅 위로 작고 허름한 건물들이 바닷가 검은 바위 따개비들처럼 다닥다닥 붙어 있다. 성냥갑 같은 건물들 위로 허름한 옥탑방과 불법 가건물들이 보이고 건물 옥상에는 깨어진 화분들과 건축 폐자재들이 쌓여 있다. 푸르게 칠한 방수페인트가 벗겨져 넝마처럼 들뜬 한 건물 옥상 위로 조금 후면 한 여자가 나타날 것이다. 그녀는 야외 비닐 돗자리를 펼친 뒤 옷을 벗고 엎드려 햇볕을 쪼일 것이다. 나는 그녀의 등 오른쪽 날개뼈 위에 새겨진 나비 문신을 100mm 펜탁스 망원렌즈로 바라볼 것이다.

처음엔 그것이 그늘이거나 피부의 그림자인 줄 알았다. 엎드려 햇볕을 쪼이던 여자가 돌아누울 때 비로소 그것이 내게 정면으로 보였다. 나비 문신은 여자의 오른쪽 견갑골 내측에서 어깨 끝을 향해 비스듬히 새겨져 있었다. 푸른 색과 검은 색 두 가지 물감만을 사용하여 새겨진 날개는 어딘지 소박해보였다. 그래서인지 어깨 방향으로 길게 드리워진 더듬이 끝에 새겨넣은 두 개의 붉은 점이 등불처럼 도드라져 보였다. 여자가 움직일 때마다 피부 결을 따라 나비가 움직였다.

어릴 적 여름방학 곤충채집 숙제가 생각났다. 잠자리와 풍뎅이와 메뚜기와 더불어 나비 또한 채집 목록에서 빠지지 않았다. 기다란 채집 바늘에 몸이 관통된 나비는 두꺼운 마분지 위에 고정된 채 한참을 거세게 날갯짓을 해댔다. 그때마다 날개에 붙어 있던 가루가 종이에 스치며 엷은 무늬를 찍어냈다. 본래 나비의 날개 자체에는 색이 없다고 했다. 날개에 비늘처럼 박혀 있는 인분가루의 기하학적 구조에 따라 특정 빛을 반사하거나 흡수하며 나비는 특유의 고유한 색을 나타냈다.

날개 가루가 없는 나비도 있었다. 그런 종류의 나비는 날개가 투명했다. 칠이 벗겨진 푸른 방수 페인트 위에 누운 여자는 마치 바다 위에 떠 있는 것처럼 보였다. 그 푸른 빛에 섞여서 여자의 어깨는 가끔 투명한 유리처럼 보였는데 아마도 유난히 창백한 피부 때문이었을 것이다. 여자가 몸을 뒤집어 하늘을 향해 고개를 젖히자 골반을 지나는 팬티라인을 따라 검은 음영이 얼핏 보였다. 무언가 눈앞을 스치고 지나는 바람에 나는 그것이 또 다른 문신인지는 확인하지 못했다.

사람의 몸에는 나비가 세 마리 들어 있다고 했다. 그것은 뼈의 형태로 몸의 골격을 이루고 있었다. 골반뼈와 날개뼈, 그리고 접형골이 그것이다. 따라서 사람의 동작은 모두 나비 날갯짓으로부터 시작되었다. 모든 움직임은 날갯짓의 변형인 셈이다. 또한 그것들은 생명과 관련된 중요한 기관을 담고 있거나 밀접하게 관련을 맺고 있었다. (골반뼈는 자궁을, 날개뼈는 젖가슴을 감싸고 있으며 머리의 접형골 안에는 뇌하수체가 들어 있다.) 그런 의미에서 나는 혹시라도 여자가 골반 부위에 문신을 새겨넣었다면 그것 역시 나비일 것이라 생각했다.

여자가 감았던 눈을 뜨더니 펜트하우스 옥상에 장착된 펜탁스 렌즈 높이로 시선을 맞추었다. 여자의 눈은 붉게 충혈되어 있었다. 여자 몸에 새겨진 나비의 붉은 더듬이가 떠올랐다. 나는 여자가 밤새 잠을 이루지 못했거나 조금 전까지 울고 있었을 거라 생각했다. 내가 알아낸 정보로 보건대 여자는 둘 다일 가능성이 높았다.

여자는 올해 서른둘이 되었다. 2월 물병자리 태생이며 혈액형은 Rh+ B형이다. 3년 전 이혼을 하고 지금은 혼자서 수도관과 하수구가 자주 막히는 장미연립 5층 503호에 살고 있다. 5살 된 아들이 있으며 아이는 전남편이 키우고 있다. 남편은 재혼을 하였으며 지금 이 도시에서 조그만 레스토랑을 운영하며 살고 있다. 알려진 바로 이혼은 여자의 바람기 때문이라고 했다. 여자가 외간 남자들을 만나면서 자주 다툼이 있었고 급기야 이혼까지 가게 되었다는 것이다. 하지만 내가 알아본 바로 여자가 남자들을 많이 만나긴 했지만 그것은 순전히 일 때문이었다.

여자의 아이는 유전적인 질환이 있었다. 국내에서는 치료할 방법이 없었다. 최신 치료법이 미국에서 개발되었다. 치료 비용은 두 사람이 감당하기 힘든 액수였다. 여자는 돈이 되는 일이면 가리지 않았다. 여자가 집안에 머무는 시간이 거의 없었다. 그러다 남편에게 여자가 생겼다. 지방 도시에서 고급 레스토랑과 부동산사업을 하는 여자였다. 이혼을 먼저 결심한 쪽은 여자였다. 남편이 새로 만난 여자는 수술 후유증으로 아이를 가질 수 없었다. 여자는 이혼을 결심했다. 남편이 재혼하면 아이를 치료할 수 있을 거라 생각했다. 남편은 여자의 레스토랑을 함께 운영하기 위해 아이와 함께 이 도시로 옮겨왔다. 하지만 금융위기가 닥치면서 사업이 기울어졌다. 남편은 레스토랑만 남기고 모든 사업을 정리했다. 아이 치료는 뒷전으로 밀려났다. 여자는 아이와 떨어져 삼 년을 견디다가 이 도시로 거처를 옮겼다. 아이도 남편도 이 사실은 모르고 있다.

이쯤이면 집에만 틀어박혀 있는 내가 어떻게 이런 개인적인 비밀까지 알아낼 수 있는지 무척이나 궁금할 것이다. 그러나 당신 또한 계좌에 80억의 현금이 들어 있다면 평범한 시민의 개인 비밀을 캐내는 것쯤은 일도 아니란 걸 알게 될 것이다. 80억이 있다면 미스터Q 같은 사람을 얼마든지 고용할 수 있으니 말이다.

3. 미스터Q

여자에 대한 정보를 얻기 위해 몇몇 사설 탐정소와 흥신소에 연락을 해보았다. 그들은 자신들을 선택해야 하는 다양한 이유들을 열거하며 나를 설득하려 했다. 모두가 자신들만의 비결이 있다고 주장했다. 그러나 내가 원하는 것은 얄팍한 비법이나 노하우가 아니었다. 그들의 허접한 인맥은 더더욱 아니었다. 그러다 그와 통화를 하게 되면서 나는 더 이상 다른 곳은 알아볼 필요가 없겠다고 판단했다. 그의 목소리에는 절박함이 묻어 있었다. 무엇보다 비열함과 천박함이 함께 있었다. 바로 내가 원하는 바였다. 돈으로 움직이기 쉽다는 뜻이었다. 내가 원하는 사람은 이타적 공동체적 선을 이룬다는 사회적 인간과는 반대의 성질을 가진, 그러니까 전형적인 '회사적' 인간이었다. 그런 목소리의 톤을 가진 사람이야말로 내 목적을 이루어 줄 적임자였다. 나는 아무런 망설임 없이 그를 선택했다.

그는 자신을 '미스터Q'로 불러달라고 했다. 굳이 미스터를 붙여야 하느냐 물어보진 않았지만, 그의 이력을 살펴보니 충분히 그럴 만하단 생각이 들었다. 그는 자신을 은퇴한 전직 경찰이라 소개했는데 전화기를 통해 들려온 목소리로 추측해보건대 아마도 모종의 비리에 연루되어 해임되었음이 확실했다. 그의 목소리는 유창하고 거침없었지만, 무언가 미끈거리는 기름기가 잔뜩 배어 있었다. 가령 나는 그와 통화를 하면서 한 손으로는 함정을 파면서 다른 손으로는 시치미를 뚝 떼고 함정으로 유인하는 모습이 떠올랐다. 터무니없는 억측이라 비난해도 할 수 없지만 나는 소리에는 고유한 파동이 있어 그 소리를 만들어내는 존재(물건일 수도 생명체일 수도 있다)의 성질을 반드시 드러내고야 만다는 확신이 있다. 이제껏 살아온 경험으로 만들어진 나름대로는 과학적인 데이터에 근거한 것이다.

악기마다 다른 파장의 소리를 공기에 전달하여 제각각 고유의 소리를 낸다. 악기마다 소리가 다르므로 소리를 통해 악기의 모양과 특성을 알 수 있다. 사람 또한 악기처럼 성대를 떨어 공기에 파장을 일으켜 목소리를 내는데, 그 과정에서 사람이 하나의 울림통 역할을 하는 것이다. 누군가의 몸을 통해서 만들어진 공기의 파동이 상대방의 고막에 닿게 되면 그 미세한 에너지의 파장을 통해 그의 상태를 짐작해볼 수 있다. 미스터Q는 첫 만남에서 그것을 모두 드러냈다. 비록 전화를 통한 목소리와의 만남이었지만….

"Q는 비밀스럽지요. 퀘스천 마크처럼 무언가 의문점을 암시하고 있죠. 하하. 제가 하는 일들이 좀 그렇습니다. 모 기관의 모토처럼 음지에서 양지를 지향한다고나 할까요? 원하시는 분들에게 비밀을 알려드리는 거지요. 하하. 그리고 단순하게 Q보다는 거기에 호칭을 붙여보았습니다. 그건 저 때문이 아닙니다. 제 의뢰인이라면 그래도 상대가 미스터쯤은 되어야 하지 않겠습니까? 의뢰인의 격이 올라가면 저 또한 격이 올라가는 거지요. 순서가 좀 바뀌긴 했지만 말입니다. 하하. 아무튼 저를 미스터Q라 불러주시고 어떤 일이든 맡겨주십시오. 알라딘 마술램프의 요정 지니라고 생각하시고 말입니다. 하하하."

그 후로 나는 그와 통화를 할 때마다 램프의 요정 지니를 떠올렸다. 그러나 머리에 터번을 두르고 손가락마다 반지를 끼고 불뚝 나온 배에 팔짱을 두른 지니는 아니었다. 그는 허리에 권총과 삼단 진압봉을 차고 목에는 호루라기를 두르고 있었다. 그는 아무리 생각해도 내 머릿속에서 개기름 잔뜩 낀 비리경찰일 뿐이었다. 그는 자신의 이익에 따라 언제든 나를 배신할 수 있었다. 그러나 그 점이 오히려 내가 그를 선택한 이유였다. 그는 절대로 어설픈 양심이나 도덕적인 기준에 따라 흔들릴 사람이 아니었다. 자신의 이익만 보장된다면 상황에 따라 얼마든지 신의를 저버릴 사람이었다. 따라서 통장에 80억이 들어 있는 나를 그가 배신할 가능성은 거의 제로에 가까웠다. 미스터Q는 진정한 프로였다.

4. 침입, 그리고 미스터Z

여자가 나를 위아래로 훑어보긴 했지만 경박스럽게 손가락으로 콧구멍을 틀어막진 않았다. 사실 나는 언제 마지막으로 목욕을 했는지, 아니 그보다 언제 세수를 했는지조차도 가물가물했다. 회사적 인간에서 탈피하기는 생각처럼 쉽지 않다. 회사적인 두터운 각질은 나를 칭칭 둘러싸고 나의 내부까지 침투해 있었던 것이다. 나는 진흙 판으로 안에서부터 둘둘 말려진 통 같았다. 통의 입구로 무언가를 부어넣으면 자동으로 무언가가 밀려서 빠져나왔다. 음식이 들어가면 똥으로 밀려나왔다. 그리고 그것들의 차이, 그러니까 음식과 똥의 차이만큼 안에서 쌓여 나를 만들었다. 반대로는 되지 않았다. 똥이 들어가면 음식이 나오지는 않았다. 똥이 들어가면 그 역시 똥으로 되어 나왔다. 그러니까 통은 안으로는 무엇이 들어가건 똥으로 되어 나왔다.

인간이 모태에서 나오자마자 크게 숨을 들이쉬고 배내똥을 싼다. 죽을 땐 숨을 뱉으면서 똥을 지린다. 항문이 벌어져야 목숨이 끝난다. 통이 망가지면서 삶이 총체적으로 끝나는 것이다. 그것이 결국 회사적인 삶의 기승전결인 것임을 나는 지금 알아가고 있다. 자유와 권력을 함부로 사용하지 않는 것. 나는 내가 통이라는 것. 그래서 끊임없이 무언가 기계적으로 쏟아부어야 하는 슬픈 구조라는 것을 알아가는 중이다. 진흙 판으로 말아 만든 통이므로 현관에 들어서는 여자를 바라보는 나의 표정 또한 진흙을 발라놓은 것처럼 밋밋했을 것이다.

여자를 내가 거주하는 이곳 펜트하우스 현관까지 올라오게 만드는 계획은 Q로부터 나왔다. Q가 미리 언질을 주긴 했었다. 그 정도 언질도 주지 않고 함부로 계획을 밀고 나갈 만큼 Q가 예의 없지는 않다고 생각한다. Q는 다만 계획의 일부만을 나에게 알려주었을 뿐이다. 다른 악의는 없었을 것이다. 나는 그가 비리에 연루되었던 상처 때문에 무의식적으로 자기방어를 하느라 계획의 일부를 내게 숨겼을 것이라 생각한다. Q가 내가 모르는 숨겨진 의도를 가지고 있다 해도 상관하지 않는다. 나는 Q가 여자에게 대하는 방식대로 Q를 대해주고 있다. 회사가 돌아가는 원리, 다시 말해 무엇이 들어가든 똥이 되어서 나온다는 법칙은 Q에게서 더 확실해졌다. 나는 Q를 통의 구조로서 더욱 확실하게 감싸는 진흙 판을 마련했다. 미스터Z가 바로 그것이다. 나는 Z를 통하여 Q를 본다. Q가 제아무리 날고 기어도 내 손바닥 안에서 꿈틀대는 유충일 뿐이다.

Z를 어떻게 알게 되었는지 가물가물하다. 그가 먼저 나를 찾은 것은 확실하다. 나는 그의 이름을 Z라 지었다. Z는 마지막 알파벳이다. 그러므로 나는 Z까지 또 다른 통으로 감시할 생각은 없다. Z는 Q와 같은 인간들을 감시하는 조직에 속해 있다고 하였다. Z는 Q처럼 돈을 바라지 않았다. Z를 움직이는 힘은 일종의 의무나 정의감인 것 같았다. 전혀 회사적이지 않은 Z의 그런 점들이 마음에 걸리긴 했지만 Z도 모르는 게 있다. Q는 더더욱 모를 것이다.

그들은 모든 것을 한꺼번에 잃고 밑바닥까지 내려갔던 사람이 바라보는 시선을 모른다. 그 시선으로부터 자신들을 숨기는 방법을 모른다. 그곳에서 바라보면 항문의 실핏줄과 똥의 굴곡이 환히 보인다. 바닥에 코가 문드러질 정도로 얼굴을 처박고 겨우 숨쉴 정도로 고개만 살짝 돌려야 볼 수 있다. 숨을 고르기 위해 조금이라도 고개를 쳐들면 시야에서 사라졌다. 진실이나 진정성 같은 것들은 아무리 감추어도, 밑바닥의 바닥까지 내려가보면 그래서 더 이상 삶이라고 생명이라고 부를 수 없는 어떤 지경에 다다르게 되면 환히 보였다.

나는 펜트하우스 옥상에 서 있을 때면 석양을 붉게 반사하는 빛나는 은빛 알루미늄 난간을 훌쩍 뛰어넘고 싶어진다. 나는 도시의 외곽 언덕 녹지대 위에 세워진 고층 건물 옥상에서 팔짱을 낀 채 거인처럼 도시를 내려다본다. 조금 후면 모두 헐리고 고층 주상복합건물이 들어설 정비구역에는 구질구질한 건물들이 거대한 쓰레기더미처럼 놓여 있다. 벌레들이 서식하는 듯한 컴컴한 그곳에서 오직 장미빌라만이 환하다.

여자가 옥상에서 일광욕을 하는 일주일에 두 번, 그곳은 도시의 항문으로 빠져나가는 똥 같은 풍경에서 벗어났다. 이제 여자는 쓰레기더미에서 보내는 시간을 나의 펜트하우스에서 보내게 될 것이다. 미스터Q의 계획이었다. 나는 결코 내색하거나 언질을 주지 않았지만 Q가 이 계획을 제안해왔을 때 굳이 반대하지도 않았다. 그런 일이 언젠가는 눈앞에 닥쳐올 거라 예상했었다. 감각과 지각이 한꺼번에 열리면서 모든 것이 갑자기 또렷해졌다. 푸른 바다 위에서 날개를 뒤척이는 나비를 찾은 그날처럼.

Q는 여자에 대한 정보를 알려주며 한 가지 제안을 했다. 그렇게 여자에 대해 궁금하면 망원경으로 몰래 훔쳐보지 말고 아예 여자를 고용해서 청소나 이런저런 집안 일들을 시켜보면 어떻겠냐. 가까이에서 보면서 이런저런 질문도 해보고 하면 여자를 더 잘 알 수 있지 않

겠느냐는 것이었다. 비용을 후하게 쳐준다면 여자 입장에서도 경제적으로 상당한 도움이 될 터이니, 힘들게 사는 사람 도와주는 좋은 일 하는 셈치면 망설일 것 없지 않느냐 했다. 마치 선심을 쓰는 듯 의기양양해서 나는 좀 생각해보겠다며 완곡한 거부의 의사를 밝혔다.

하지만 Q는 나의 의사와는 무관하게 일을 추진했다. 애당초 나의 대답은 그에게 중요하지 않았다. 그는 내가 의뢰한 여자의 정보를 조사하듯 의뢰인 또한 조사하였을 것이다. 비행기 추락의 사고와 연관된 나의 사회적, 경제적인 변화를 분석해보았을 것이다. 나의 계좌 내역의 구체적인 정보까지 그가 접근했는지 알 수는 없지만, 나의 통장에 아직 그의 호기심을 자아내는 액수가 들어 있다고 확신할 만큼 정보는 충분히 얻었을 것이다. 내게 여자의 정보를 넘겨줄쯤엔 그의 계획 안에서 의뢰인과 피의뢰인의 위치 설정이 완료되었을 것이다. 그리고 이처럼 나의 의사와는 상관없이 여자는 펜트하우스 현관에서서 나를 바라보고 있는 것이다.

여자는 생각보다 마르고 키가 컸다. 작고 통통하다고 생각했던 건 망원경에서 내려다보이는 각도 때문이었을 것이다. 꼭 끼는 청바지에 짙은 회색 티를 입고 있었다. 천으로 만든 커다란 가방을 어깨에 걸치고 있었는데 티가 한쪽으로 밀려 쇄골이 깊게 드러났다. 머리는 날개뼈와 닿는 길이였고 연한 갈색으로 염색을 하고 있었다. 옅은 화장을 해서 뺨의 주근깨가 살짝 드러나보였다. 언젠가 Q가 자나가는 투로 좋아하는 취향을 물어봤을 때 건성으로, 화장은 한 듯 안 한 듯 하고 머리는 어깨 정도 길이가 보기 좋다고 말했던 기억이 났다.

여자는 신발을 벗고 거실로 들어와 가방을 소파 위에 올려놓았다. 여자는 나를 쳐다보지 않고 거실과 집안 여기저기를 둘러보았다. 그리고 이런저런 물건들을 꺼내 거실 바닥에 늘어놓았다. 청소도구들이었다. 가구를 닦는 왁스와 유리를 닦는 세정제와 물티슈, 칫솔과 가느다란 나무막대와 마른 수건들…. 마지막으로 정체를 알 수 없는 액체가 담긴 유리병을 조심스레 꺼내놓았다.

나는 여자가 편하게 일을 할 수 있도록 베란다로 자리를 피해주었다. 무심결에 펜탁스 망원경으로 장미연립 옥상을 내려다볼 뻔했다. 여자가 신경쓰여 그만두었다. 혼자만 있던 공간에 누군가 불쑥 들어와서 보이지 않는 곳에서 무언가를 하느라 꿈지럭대고 있다는 사실, 같은 공간과 시간을 함께하면서도 이곳에서 벌어지는 일을 세상 누구도 알지 못하며 여자와 나 두 사람만이 세상 끝날 때까지 지금의 시간과 공간을 기억할 것이란 사실 때문에 나는 조금 긴장되고 설렜다. 지금 여자와 나는 우리들만의 비밀을 만들고 있는 중이다. 여자와 나는 이제 특별한 끈으로 연결된 것이다. 나는 나의 의지로 이 끈을 끊어버릴 것이다. 단독자로서의 삶을 꿈꾸었던 나의 계획이 이루어지고 있다는 생각에 기쁜 마음이 들었다.

5. 음모

여자는 일주일에 두 번 방문했다. 오후 3시에 왔다가 6시가 되면 사라졌다. 여자가 건물 입구에서 인터폰을 누르면 나는 거실에서 문을 열어주었다. 여자가 엘리베이터를 타고 올라오는 동안 현관문을 미리 열어두고 옥상 베란다로 나갔다. 현관문을 닫는 소리가 들리고 여자가 이곳저곳을 다니며 청소를 하는 동안 나는 베란다 선베드에 누워 있었다. 잠을 자는 것은 아니었다. 여자에게로 온 신경이 집중되어 잠은커녕 정신만 말똥말똥했다.

여자가 가고 나면 나는 베란다에서 나와 집안 이곳저곳을 살펴보았다. 대부분 다녀가기 전과 크게 달라진 흔적을 찾을 수 없었다. 가끔은 일하는 중간에 와인 진열장에서 술을 꺼내 마시거나 음악을 듣는 것 같기도 했다. 주방 식탁 위에 마시다 만 술병이 올려져 있거나 오디오 세트에 CD가 장착돼 있는 경우도 있었다. 어떤 날은 가구를 새로 배치하는 정도로 무리하게 집 안 정리를 했다. 그럴 땐 마치 새로운 집처럼 느껴졌다. 냉장고에 들어있는 음식이 바뀌기도 하고, 주방의 그릇과 컵을 새로 들여놓기도 했다. 그런 날이면 여자는 베란다 문을 열고 들어와 선베드 옆 소탁에 자몽주스를 놓고 나갔다. 그런 일을 몇 번 겪고 나자 주방에서 믹서를 돌리는 소리가 나면 여자가 베란다 문을 열고 들어올 것이란 예감이 들었다. 예감은 항상 적중해서 나는 그런 날이면 어김없이 자몽주스를 마셨다. 자몽주스를 마시는 횟수는 차츰 늘어났다.

여자가 일한 지 한 달쯤 되자, 일을 시작하기 전 으레 자몽주스를 두 잔 만들어 한 잔은 자기가 마시고 한 잔은 내게 주었다. 그 무렵부터인 것 같다. 가끔 여자와 주방 식탁에 마주 앉았다. 나는 여자가 만들어준 주스를 마셨다. 여자가 주스를 만드느라 자몽을 칼로 잘게 자르고 그것을 믹서에 넣는 모습이 기억난다. 여자와의 기억은 언제나 어슴푸레하다. 여자는 조그만 자몽을 두 개 가져와 자기가 먹을 주스를 먼저 만들었다. "자몽 하나에 주스 한 잔. 그래야 신선하다구요." 내가 먹을 주스를 만들며 여자가 말했다.

나는 여자와 함께 크게 떠들며 웃기도 했다. 어떨 땐 훌쩍거리며 울기도 했다. 아마 그랬을 것이다. 그 일들이 꿈결처럼 아득하다. 꿈이었을까? 여자와 지내는 시간이 얼마나 흘렀는지 나는 가늠하지 못한다. 몇 달? 아니면 몇 년? 여자의 어깨에 닿았던 머리카락 끝단이 어느새 날개뼈를 온통 덮고 있었다. Z가 알려주지 않았다면, 아침마다 해독제가 들어 있는 물을 내 침대맡에 놓아주지 않았다면, 나는 계속 꿈속을 헤매다 베란다 옥상의 미끈한 알루미늄 난간을 훌쩍 뛰어넘어 나비처럼 지상으로 떨어져 내렸을 것이다.

여자가 다녀간 다음 날 아침이면 머릿속이 톱질해놓은 듯 쑤셔댔다. 엄청난 갈증이 몰려왔다. 머리맡에는 컵이 놓여 있었고 물이 가득 차 있었다. 나는 물을 벌컥벌컥 들이켰다. 조금씩 머리가 맑아지며 정신이 들었다.

나는 여자가 자몽주스에 무언가를 섞는다는 걸 알고 있었다. Z는 그것이 암페타민과 페노바비탈이라 했다. 암페타민은 강력한 각성제로서 뇌세포를 자극해서 흥분시켰다. 반대로 페노바비탈은 전위막을 탈분극하여 뇌세포를 억제했다. 이 두 약물을 혼합하여 투여하면 뇌세포의 시냅스들이 엉켜 일종의 전기적 합선 상태가 된다고 했다. 다량의 뇌세포들이 사멸하여 현실과 꿈을 구별하지 못하게 되었다. 혼합비율과 용량을 적절히 조절하면 상대의 행동을 마음먹은 대로 조종할 수 있다고 했다. 높은 곳에서 뛰어내리거나 달리는 차에 뛰어들게 할 수도 있었다.

계획을 먼저 생각해내고 약을 준비한 사람은 Q였다. 그러나 나는 무엇보다 약을 지속적이고 반복적으로 투여했을 때 나타나는 부작용을 여자가 알고 있었는지 궁금했다. 약을 지속적으로 투여하면 뇌세포가 파괴되고 자율신경의 조절기능이 마비되면서 현실을 파악하는 능력이 사라졌다. 환각과 환청과 공황 상태를 반복해 경험하다가 결국 경련으로 호흡근이 마비되어 사망하거나 잘해야 식물인간이 될 것이라 했다. 여자는 내가 비교적 멀쩡한 상태로 자신을 맞이하는 것을 보고 약의 부작용에 대해 그리 심각하게 생각하지 않았을지도 모른다. Q와 여자 사이의 대화를 도청한 녹음 파일을 들어보았다. (이 또한 Z가 파일을 보내주었다.) 나는 Q가 미리 주사바늘로 자몽 하나에 구멍을 내어 약을 주입해왔다는 사실을 알아냈다.

나는 여자가 오는 날이면 미리 해독제를 탄 물을 컵에 가득 따라 머리맡에 올려놓았다. 자몽주스를 마시면 의식이 혼미해져서 끈에 매달린 인형처럼 되어버렸다. 주스에 들어 있는 약 때문에 아침이면 지독한 두통과 혼미한 의식 상태에서 깨어났다. 그러나 다행히도 타는 듯한 갈증을 느꼈다. 괴롭지만 다행한 일이었다. 나는 아침마다 머리맡에 놓인 물을 마시면서 전날에 주입된 약을 해독시켰다.

Z가 해독제를 구해주지 않았다면 지금쯤 식물인간이 되어 있을지도 모른다. 식물이 진화 피라미드의 꼭대기에 있는 고등한 존재일 수 있으므로 그리 불만스럽지는 않다. 아마도 알루미늄 난간을 뛰어넘

는 쪽을 선택했을 것이다. 모두 다 그렇게 사라지지 않는가? 무언가를 훌쩍 뛰어넘어, 점보 비행기가 바닷속으로 뛰어들듯….

6. 기록들

몇 달인지 몇 년인지, 생각해보면 아득하다. 밤이든 낮이든 꿈을 꾸었다. 아침이면 목이 타는 듯한 갈증과 함께 잠에서 깼다. 머리맡에는 컵이 놓여 있었고, 비몽사몽간에 손을 뻗어 물을 마신 후에야 비로소 정신이 맑아졌다. 나는 침대에 걸터앉아 전날에 일어난 일들을 생각해본다. 뿌연 안개 속에 잠겨 있던 하루가 서서히 모습을 드러낸다. 나는 컴퓨터를 켜고 CCTV 화면을 열어본다.

나는 주방에서 여자와 함께 식탁에 앉아 주스를 마시며 이야기를 나누고 있다. 여자는 몸을 기울여 무언가 열심히 내게 설명한다. 나는 고개를 끄덕이거나 몸을 흔들며 커다랗게 웃는다. 어느 순간 울기도 한다. 여자는 내게 휴지를 내밀거나 등을 가만 다독거려준다. 나는 비틀거리며 거실로 나간다. 나는 갑자기 토하기 시작한다. 엉금엉금 기어 화장실로 들어간다. 여자가 나를 부축해 안방으로 데려온다. 나는 안방 붙박이장을 열고 그 앞에 쪼그려 앉는다. 비밀금고가 숨겨진 곳이다. 나는 몸을 가누지 못하고 여러 번 옆으로 쓰러진다. 그때마다 여자가 나를 일으켜 세우고 무언가 열심히 설명한다. 나는 결국 힘겹게 금고 문을 연다. 금고에서 서류처럼 보이는 종이 뭉치와 물건들 몇 개를 꺼낸다. 그것들을 여자에게 건네준다. 나는 일어서 비틀대다 침대 위에 쓰러진다. 잠이 들었는지 꼼짝하지 않는다. 여자가 침대 위로 올라와 내 옆에 가만히 눕는다. 한참을 그렇게 누워 있다가 여자는 몸을 반쯤 세워 나를 바라본다. 내 머리를 쓰다듬거나, 몸 여기저기를 손가락으로 쿡쿡 찔러본다. 여자가 얼굴을 기울여 내 이마에 자신의 입술을 댄다. 여자가 침대맡에 놓인 컵을 발견한다. 컵을 들고 한쪽 눈을 감고 얼굴을 찡그려 천정의 조명에 비쳐본다. 코를 대고 냄새를 맡아보다 다시 제자리에 내려놓는다. 여자가 서류를 들고 안방을 나선다. 거실에서 어딘가로 전화한다. 내가 건네준 서류와 물건을 가방에 넣는다. 어깨에 가방을 메고 여자가 현관문을 나선다.

나는 Z가 보낸 메일을 열어본다. Z가 보낸 음성파일이 들어 있다. Z는 여자와 Q의 전화는 물론, 그들의 차와 집안에도 도청장치를 숨겨놓았다. 그렇게 녹음한 파일을 내게 정기적으로 보내왔다. 나는 새로 들어온 음성 파일을 열어본다.

〈file number 00〉

— 일이 너무 더딘 거 아냐?

— 원래 생각한 거보다 항상 안 풀리는 게 일 아녜요?

— 그래서 우리가 계획이란 걸 세운 거잖아.

— 우리? 언제부터 우리가 됐죠?

— 이거 또 왜 이러시나? 아이를 생각해야지….

— 경고하는데, 다시는 더러운 입에 내 아이 올리지 말아요. 알겠어?

<file number 000>

— 그러니까 그 여자는 애완동물 키우듯이 생각한 거야. 병든 개처럼 내다버린 거지. 한마디로 유기견 신세가 된 거지.

— 이제 하다하다 뭐라고 유기견? 개보다 나은 입에서 나오는 말이면 내가 참겠는데 이건 뭔 개 짖는 소리야?

— 그러니까 빨리 일 끝내고 애 수술도 시키고 같이 살 집도 구하고 하란 말이야. 잘만 하면 건물 한 채 정도는 챙길 수 있을걸? 건물은 둘째 치고 당장 애가 죽게 생겼잖아. 골수이식이란 게 돈만 있다고 되는 것도 아니라며? 이번에 기회 놓치면 또 언제 올지 모른다잖아? 그러니 맘 독하게 먹으란 얘기지.

<file number 0000>

— 이번에는 반드시 서류를 챙겨오라고.

— 약을 너무 먹이니까 정신이 오락가락해서 금고 문을 못 열더라구요. 이러다 사람 하나 죽이는 건 아닌지 몰라.

— 그러니 죽기 전에 일을 빨리 끝내라고, 내 말이.

— 무슨 일 생기면 나한테 덮어씌우려는 거지? 나는 당신 못 믿어.

— 한 배를 탄 사람한테 섭섭하게 왜 이래?

— 한 배를 탔다고? 그날 기억나? 내가 소리 지르며 컵을 바닥에 던졌지.

— 나 밀쳐내느라 내 손에 손톱자국까지 냈는데 당연히 기억하지.

— 그날 당신이 한 말 기억해? 내 손도 어둠속에서 나오는 손처럼 보이냐고 했지?

— 그랬나? 잘 기억이 안 나는데?

— 그때 알았지. 내 일기장을 훔쳐간 작자가 누군지 말이야.

— 그러니까, 그게 말이지. 그 인간이 다 시킨 거라고. 그 자식 변태인 거 알잖아? 옥상에서 훔쳐본 거 다 알잖아? 그러고도 남을 인간이야.

— 나도 처음에는 그런 줄 알고 일을 시작했어.

— 뭐 처음에는? 그럼 지금은 다르단 건가? 그 인간이랑 주스도 마시고, 술도 마시고, 같이 침대에도 누워보니 생각이 달라진 거야? 그런 거야?

— 꼴에 지금 질투하는 거니? 너 같은 인간이랑은 다르지. 완전 다르지….

<file number 000000>

— 수고했어. 이깟 종잇조각 손에 넣으려고 우리가 그동안 그 고생을 한 거야?

— 우리라고 하지 말라고 했지? 하긴 내일이면 다신 볼 일 없을 테니 하려면 실컷 하던지.

— 그건 그렇고. 내일은 약을 확실히 먹이라고. 적어도 식물인간은 돼야 우리가 안심하지 않겠어? 옥상에서 뛰어내리면 더 깔끔하겠

지. 사고로 한꺼번에 가족을 잃고 우울증에 시달리던 중년 남자의 투신자살. 혈액에서 약이 검출되면 자살이란 게 더 확실해지겠지? '아무리 돈이 많아도 돈으로는 외로움을 이겨내지 못한다.' 이런 기사 제목은 어떤가? 하하.

7. 영혼결혼식

이제 조금 후면 여자가 올라올 것이다. 나는 현관문을 열어두고 베란다로 나간다. 하늘은 구름 한 점 없이 맑고 눈부시다. 미지근한 바람이 내 몸을 훑고 지나간다. 오소소 소름이 돋고 진땀이 배어난다. 햇살이 따가운 날이다. 거리의 아스팔트가 역청처럼 녹아 흐느적거린다. 검은 역청 속에서 사람들과 차들이 허우적거린다. 화산에서 흘러나온 듯한 검은 용암이 거리 곳곳을 샅샅이 뒤지듯 스민다. 거리가, 건물이, 장미연립과 옥탑방과 옥상 쓰레기들이, 기지국 송전탑과 전신주와 전선이, 모두 함께 녹아 내린다.

어디선가 나를 부르는 소리가 들린다. 주방의 식탁에 앉아 여자가 만들어준 자몽주스를 마신다. 여자는 오늘 주스 대신에 술을 꺼내 잔에 가득 따른다. 나는 주스를 들어 여자가 든 술잔을 향해 "건배"라고 말하며 웃는다. 여자는 오늘 아무 말도 하지 않는다. 웃지도 않는다. "오늘은 둘 다 힘들 거예요. 우리 둘 모두." 여자가 단숨에 잔을 비우고 다시 술을 따른다. 나도 주스를 단숨에 비우고 여자에게 잔을 내민다. "나도 한잔." 여자가 놀란 눈으로 나를 바라본다. 아무 말 없이 내가 내민 잔에 술을 따른다. 나는 다시 외친다. "건배. 이번엔 둘 다

술로. 우리 둘 다." 여자가 나와 잔을 부딪치며 조그맣게 말한다. "우리 둘 다." 여자와 나는 세 잔인가를 연거푸 들이킨다. 아니 네 잔일지도, 다섯 잔일지도 모르겠다. 그런 게 뭐 그렇게 중요하지는 않다. 나는 급속히 혼미해진다. 기억들은 누더기처럼 얼키설키 엮인다. 희미한 윤곽만을 잡아낼 수 있을 뿐이다.

가령 이런 것들이 기억난다. 여자가 식탁 위에 종이를 올려놓는다. 나는 여자가 손가락으로 짚은 곳에 여자가 불러주는 문장들을 꼬불꼬불 적는다. "전적으로 위임한다…, 혼인신고…, 서약한다…, 기필코…, 결단코…, 의의를 제기하지…, 장동식에게…, 30억…, 아파트를 포함…. 그 와중에 나는 몇 번인가 화장실로 가서 토했고 여자는 나를 따라와 등을 토닥여주었다. 변기에 얼굴을 처박고 있는데 여자가 내 뒤에서 가슴을 붙이고 바짝 달라붙어 가뜩이나 더 힘들었던 기억이 난다. 여자는 자꾸 미안하다고 말했다. 그날은 정말이지 죽을맛이었다. 화장실뿐 아니라 나는 거실에서도, 안방에서도 토했다. 쓰러져 있는 나를 누군가가 침대 위로 올려놓았다. 기억하기로 그날 나를 침대 위에 올려놓은 사람은 혼자가 아니었다. 본드를 발라놓은 것처럼 눈꺼풀이 들어붙어 열리지 않아서 처음에는 그를 볼 수는 없었다. 하지만 기름기가 잔뜩 밴 미끈거리는 소리를 나는 잊을 수가 없다. 가까스로 들어올린 눈꺼풀 사이로 희미한 모습이 비쳤다.

그는 여자와 함께 나를 부축하고 있었다. 그는 배가 나오지도 않았고, 귀걸이를 차거나 손가락에 반지를 끼지도 않았다. 작고 마르고 안색이 칙칙한 그는 어릴 적 집에 위인전집을 팔러오던 외판원 같았다. 나는 그 착실하고 소심해보이는 외판원이 눕혀주는 대로 침대에 누웠다. 무언가 중요한 한 가지를 빠뜨렸단 생각이 들었다. '그러고 보니 오늘 침대맡에 물을 올려놓지 않았구나.' '아침에 일어나 해독제를 마실 수 없다면 어떻게 될까?' 생각하며 깊은 잠 속으로 빠져들었다. 잠에서 가끔 빠져나와 꿈을 꾸었다. 꿈속에서 무언가 우당탕 넘어지는 소리를 들었다. 비명과 울음소리도 들었다. 아침에 나는 평소처럼 지독한 갈증을 느끼며 일어났다. 아, 물이 없을 거야, 라는 생각이 문득 들었지만, 습관처럼 침대 머리맡을 손으로 더듬었다. 그런데 마술처럼 컵이 있었다. 컵에 가득 담긴 물을 벌컥벌컥 들이켰다. 그리고 다시 잠 속으로 빠져들었다.

8. 나비

"암페타민과 페노바비탈 칵테일 요법인데, 양이 어마어마해. 혈액에서 검출된 약의 농도만 놓고 보면 지금 이 사람이 살아 있단 건 말이 안 되지. 평소에 일정량을 꾸준히 해독시키지 않았나 싶어. 그렇지 않고서야 이런 용량에 버텨낼 사람은 없지. 발견되기 전 미리 해독제를 투여하지 않았다면 아마 끝장났을 거야. 그런데 이렇게 혼수상태에 빠지면서까지 어떻게 해독제는 챙겨먹었는지 정말 미스터리야."

의식이 깨어나며 의사들이 하는 말을 들었다. 사흘을 혼수상태로 있었다고 했다. 몸에 퍼진 약을 해독하기 위해 혈액투석을 했고, 호흡이 약해 인공호흡기를 장착했다고 했다.

어찌되었든 나는 다시 집으로 왔다. 일주일 만이었다. 오랜만에 몸이 가뿐했다. 나는 한껏 맑아진 정신으로 거실과 주방과 욕실을 둘러보았다. 여기저기 음식물을 토해놓은 듯한 흔적들이 보였다. 안방에도 드문드문 토한 흔적들이 보였다. 침대 머리맡에는 컵이 놓여 있었다. 침대 옆 탁자 위에 누런 서류봉투와 신문 한 부가 가지런히 놓여 있었다. 봉투를 열어보았다. CCTV 녹화 테이프와 서류 몇 장, 그리고 도장이 들어 있었다. 서류를 살펴보았다. 주민등록등본과 위임장, 통장과 도장, 그리고 혼인신고서가 있었다. 관공서에 신고하지 않은 서류에는 혼인 당사자 두 사람의 도장이 나란히 찍혀 있었다. 모니터에 테이프를 연결했다. CCTV 화면이 돌아가기 시작했다.

나는 여자와 마주 보고 식탁에 앉아 있다. 나는 화면 속에서 의외로 자세가 반듯해서 약에 취해 있는 사람처럼 보이지 않는다. 잠시 후 내가 조금 휘청거리며 화장실로 들어간다. 여자가 내 뒤를 따라 화장실로 들어간다. 나는 몇 번인가를 더 화장실을 들락거린다. 그러다 거실로 나와 소파에 쓰러진다. 한 남자가 거실에 나타난다. 작고 마른 남자다. 여자가 남자에게 서류를 건네준다. 남자가 여자의 어깨에 손을 슬며시 올린다. 여자가 손을 거칠게 뿌리친다. 남자가 여자에게 뭐라고 소리를 친다. 남자가 소파에 누워 있는 내게로 다가온다. 그가 나를 부축해 안방으로 데려와 침대에 눕힌다. 남자가 다시 거실로 나온다.

어디선가 한 사내가 나타난다. 사내는 검은 등산복을 입고 있으며 건장하다. 사내가 남자를 쓰러뜨린다. 사내는 남자를 깔고 앉아 주먹으로 남자의 얼굴을 내려치기 시작한다. 밑에 깔린 남자가 팔을 휘저어 사내를 밀어내려 했지만, 사내는 침착하고 규칙적으로 남자의 얼굴을 향해 주먹을 날린다. 사내의 무표정한 얼굴은 마치 바위 같다. 체중이 실린 사내의 주먹이 남자의 얼굴을 향해 한 번 두 번 꽂힐 때마다 사방으로 피가 튄다. 이제 남자는 팔을 휘젓지도 버둥대지도 않는다. 남자가 축 늘어진 후에도 사내는 한참을 주먹으로 내리친다. 사내가 주먹질을 멈추고 남자의 얼굴을 들여다본다.

사내가 일어선다. 등산복이 피로 붉게 번들거린다. 사내가 축 늘어진 남자를 끌고 베란다 문을 나선다. 잠시 후 혼자서 거실로 돌아온 사내가 주방 구석에 웅크리고 있는 여자에게 무어라 말을 한다. 여자가 컵에 물을 담아 사내에게 가져다준다. 사내가 목울대를 쿨럭대며 단번에 물을 들이킨다. 물을 마신 후 여자에게 컵을 내민다. 여자가 컵을 다시 채워주자 사내가 등산복 주머니에서 무언가를 꺼내 물에 섞는다. 사내가 컵을 들고 안방으로 들어와 침대 머리맡에 올려놓는다. 사내는 안방을 나서다 말고 침대 위에 쓰러져 있는 나를 한동안 바라본다.

잠시 후 펜트하우스 구석구석에 설치된 CCTV 화면마다 사내의 얼굴이 커다랗게 비친다. 굵고 거친 수염으로 뒤덮인 사내의 얼굴 여기저기에 상처가 나 있다. 사내의 눈이 붉게 충혈되어 있다. 사내의 얼굴이 화면에 나타나는 순서대로 CCTV가 차례차례 꺼진다. 나는 그가 미스터Z란 걸 안다. 펜트하우스에 CCTV는 아무나 찾을 수 없도록 교묘하게 숨겨져 있다. 그것의 위치를 아는 사람은 나와 그것을 설치한 Z뿐이다.

신문은 일주일 전 일간지였다. 사회면에 포스팅이 되어 있었다. 신문을 펼치자 기사가 눈에 들어왔다.

10년 원한이 불러온 살인

도시의 높고 화려한 초고층 아파트 펜트하우스 옥상에서 두 남자가 떨어져 사망했다. 경찰은 박형기(남, 48세 사망)와 장동식(남, 56세 사망)이 다투다 박이 장을 제압한 후 베란다로 끌고 가 떨어뜨리고 나서, 자신도 스스로 그곳에서 떨어져 사망한 것으로 보인다고 발표하였다. 박과 장의 악연은 10년 전으로 거슬러 올라간다. 당시 장은 모 경찰서 강력계 소속 형사로서 한 미성년자의 폭행사건을 수사하고 있었다. 사건의 피해자 박모양(당시 13세)은 동급생과 상급생 수 명으로부터 10시간 가까이 감금되어 육체적 심리적인 가혹행위를 당했다. 가해자들이 미성년자들이었지만 방법이 너무 잔인하여 사회적으로도 많은 울분을 자아냈다. 게다가 사건을 담당한 형사가 가해자의 부모들로부터 금품을 받고 결정적인 증거들을 없애고 증언을 무마했다는 의혹이 제기되었다. 가해자들이 예상보다 가벼운 처벌을 받게 되자 피해자의 부모가 여러 곳에 민원을 제기하였다. 하지만 특별한 비리의 증거를 찾지 못하고 사건이 종결되었다. 피해자인 박모양은 사건 이후 극심한 우울증과 대인기피 증세로 시달리다 3년 후 스스로 목숨을 끊었다고 알려졌으며, 사망한 피해자 박모양의 아버지가 이번 펜트하우스 추락사건으로 사망한 박형기임이 밝혀졌다. 함께 사망한 장동식은 박모양 사건이 일어난 1년 후 비슷한 사건에서 뇌물을 받은 증거가 드러나 해임되었으며, 박은 딸의 사망 후 복수를 위해 지속적으로 장의 소재를 파악해 왔던 것으로 추정된다. 억울하게 죽은 자식을 둔 부모는 평생 마음속에 칼을 품고 산다. 누군가는 그 칼에 베일 것이다. 이번 사건은 두 사람 모두 그 칼에 베인 것이라 할 수 있겠다. 어찌되었든 어린 나이에 가혹한 폭력에 노출되는 것은 따듯한 봄에 자라야 할 여린 싹이 된서리를 맞는 것과 같다. 싹은 얼어죽거나 아니면 평생을 얼음서리를 끼고 살아야 한다. 우리 모두가 책임을 느껴야 할 일이다.

베란다로 나가 보았다. 선베드가 부서져 여기저기 흩어져 있었다. 알루미늄 난간 한 곳이 긁히고 휘어져 있었다. 망원경을 들어 아래 세상을 내려다보았다. 거리에는 사람들이 여전히 바쁘게 오가고 있었다. 그때 무언가 휙 시야를 스치며 지나갔다. 나는 눈을 떼고 주변을 두리번거리며 살펴보았다. 작고 하얀 빛무리 같은 것이 펜트하우스 지붕 위로 힐긋 사라졌다. 이 높은 곳까지 무엇이 날아왔을까? 나비인가? 나는 나비라면 얼마든지 이곳까지 날아올 수 있으리란 생각이 들었다.

검객

검객

1

제약회사 영업사원 박기태는 김일남 원장의 병원 문을 들어서며 바짝 긴장하고 있었다. 신입사원 박기태는 최근 일주일 동안 입사동기들과 합숙하며 의학용어와 약의 제조를 포함한 기초 약리학과 약의 유통과정, 의료보험 관련 법규 등의 강의를 들었다. 연수가 끝날 무렵에는 극기훈련 비슷한 것도 받았는데, 정식으로 병원을 돌아다니며 원장과 원무과와 접수실 직원들에게 인사하고 명함을 돌리는 한 달 동안은 차라리 연수원 유격훈련장 진흙바닥에서 뒹구는 게 더 낫지 싶었다.

'원장 전문의 김일남'

짙은 남색 고딕체 명패가 붙은 진료실 문을 열고 들어서자 김일남 원장이 읽고 있던 책에서 천천히 얼굴을 들어올렸다. 시선은 그것에 뒤미처 따라왔는데, 안경 너머 눈빛이 날카로웠다. 두꺼운 의학원서였다.

"박기태라고 합니다. 잘 부탁드립니다."

"한 소장은 잘 있지요?"

만나서 반갑다는 틀에 박힌 인사 대신 김일남 원장은 지점장의 안부를 물어왔다. 그러고보니 지점장이 김일남 원장에 대해 말한 적이 있었다.

"전형적인 칼잡이야. 검객이지. 칼은 녹슬고 부러졌지만, 아직도 과거의 피비린내나는 혈겁을 잊지 못하고 있어. 그걸 건드려봐. 어떤 사람에겐 상처가 살아가는 힘이 되기도 하거든."

말할 때 지점장의 입꼬리가 살짝 올라갔다. 기태에겐 낯익은 표정이었다. 부하직원을 훈계하며 마무리쯤에 습관적으로 보이던 마땅치 않지만 어쩔 수 없지 않냐는 그런 표정 말이다.

"대학에 계셔야 하는데…. 시골에 묻혀 지내시긴 아까운 분이라 들었습니다."

아무리 칼잡이 시절의 향수를 불러일으키라는 지점장의 조언을 들었다 쳐도 만나자마자 바로 칼날을 들이댈 만큼 기태가 숙맥은 아니었다. 제약회사로는 신입이었지만 사실 기태는 또래에 비해 일찌감치 이곳저곳을 굴러다녀 세상에 대해 어느 정도 닳고 닳아 있었다. 술이 덜 깬 사람들이 입김을 후후 불어가며 컵라면을 먹던 새벽의 편의점, 컨베이어벨트 위를 지나는 물건들을 밤새 고르고 분류하던 택배 집하장, 한여름 변두리 빌라 신축 공사장에서 자갈을 가득 실은 질통을 메고 철제 사다리를 오르며 바라보던 먼지 가득한 벌판, 숯불 화로를 빼내고 걷어온 불판더미 앞에 쭈그려앉아 석쇠에 거멓게 그을린 가축들의 잔해를 줄칼로 긁어내던 주방의 젖은 시멘트 바닥….

가끔 삐끼, 전단지 같은 단어들이 떠오르면 기태는 유통기한이 지난 삼각김밥으로 배를 채우고 새벽에 편의점을 나섰다. 그런 날 기태는 진저리를 치며 터미널 후미진 뒷골목에서 여자를 샀다. '그렇게 울음처럼 무언가를 쏟아낸 날이면 상처는 단단하게 여물어 옹이가 되었다'고 기태는 언젠가 일기에 쓴 적이 있다. 일기는 한 달도 못 돼 술 취한 기태의 손에 갈기갈기 찢겼다. 이따위를 끄적거릴 시절은 지났잖아? 쓰레기통에 일기장을 버리며 기태는 중얼거렸다. 구르다 여기저기 생긴 상처는 모른 척 내버려두면 스스로 진액을 내어 딱지를 앉히고 굳은살을 키웠다. 그렇게 상처가 옹이처럼 굳어지면 웬만한 도끼날쯤은 내리쳐도 쉽게 튕겨나갈 거라 기태는 생각했다.

"한 소장이 그러던가요? 내가 칼잡이라고?"

김일남 원장은 기태가 돌려서 한 말을 정면으로 받았다. 보고 있던 의학서적의 열린 페이지를 닫아 책상 위에 올려놓으며 김일남 원장이 기태 쪽으로 몸을 돌렸다. 원장이 '칼잡이'라고 말하며 미간을 살짝 찌푸렸지만, 악의가 느껴지진 않았다. 금방 장난기어린 표정을 지었기 때문이다. 그것은 지나간 시절, 이를테면 전성기라고도 불리는 얼마간은 터무니없는 과장으로 채워진 기억의 창고 한구석을 뒤적일 때 어쩔 수 없이 드러나는 그리움 같은 것이었다. 기태는 긴장이 조금 풀어지는 것을 느꼈다.

"한 소장과 안 지도 꽤 되었군. 칠팔 년은 되었을 거야. 내가 개업하고 얼마 지나지 않아 한 소장이 신입이라고 찾아왔는데, 지금 자네가 앉아 있는 이 의자에 자네와 똑같은 자세로 앉아 있었지. 바짝 긴장해서 말이야. 한 소장에 비하면 자네가 오히려 느긋해 보이는군. 그래도 신입은 신입답게 긴장도 하고 어리숙한 구석도 보이고 해야 믿음이 간다네. 믿음 이전에 마음이 먼저 가는 거겠지. 사실 믿음이란 것도 마음에 달라붙은 그림자 아니겠나?"

원장의 얼굴이 순간 어두워졌지만, 원장이 워낙 자연스럽게 말을 놓았기 때문에 기태는 오히려 한껏 편안해져서 이제는 눈치껏 진료실 이곳저곳을 둘러볼 여유마저 생겼다.

네 평 남짓 되어보이는 정방형 진료실은 원장이 앉은 진료실 책상 왼쪽 벽에 앉은키 높이로 엑스레이 필름을 걸어 판독하는 뷰박스가 설치되어 있었다. 필름이 걸려 있지 않은 흰 아크릴 뷰박스에 형광등이 켜져 있어 마치 창문처럼 보였다. 김일남이 앉은 책상 뒤쪽 벽에 책꽂이 두 개가 나란히 세워져 있었는데 뷰박스 불빛이 그곳까지 희미하게 닿아 있었다. 왼쪽 책꽂이에는 두꺼운 의학서적과 외과 학회지, 의학 저널, 논문집 같은 것들이 빼곡히 꽂혀 있었다. 오른쪽 책꽂이 아래 두 단에는 동창회 명부나 연감, 사전류, 기타 낚시와 등산에 관한 잡지들이 꽂혀 있었는데, 대부분 5,6년 철지난 것들이었다. 우측 책꽂이의 3단부터 5단까지 세 개의 층에는 학위 증명서와 기념패, 각종 감사패 등이 진열돼 있었다. 그 중 책꽂이 맨 위 그러니까 5단 오른쪽 구석에 비스듬히 세워진 액자에 기태의 시선이 끌렸다. 액자에는 사진이 한 장 끼워져 있었다. 액자 속 사진은 빛이 바래 얼핏 봐도 오랜 세월이 느껴졌다. 기태의 시선이 오래 머물자 김일남 원장이 돌아보았다.

"한 소장도 이 방에 들어와서 저 사진을 유심히 쳐다보더군. 여러 사람들 중에 누가 나인지 찾는 눈치였어. 한 소장 더러 내가 어디 있는지 한번 맞춰보라고 했지."

원장이 일어나 책꽂이 5단 구석에 세워진 액자를 가져다 책상 위에 올리고 기태 쪽으로 밀었다.

사진 속에는 여섯 사람이 있었다. 넷은 파란 수술모와 마스크를 썼고, 둘은 하늘색 일회용 수술모를 쓰고 있었다. 하늘색과 파란 모자들 사이로 30㎝ 정도 높이의 초록색 스크린이 가로놓여 있었다. 여섯 명 모두 초록색 수술복을 입고 있었는데, 파란 모자 넷은 둘씩 서로 마주 보고 서서 양손을 초록색 수술포 위에 올리고 있었다. 수술포 중앙 동그랗게 뚫린 곳에 수술 부위로 짐작되는 곳이 보였다. 파란 모자들은 카메라 쪽으로 시선을 돌리고 있었는데, 넷 중 셋은 카메라를 똑바로 바라보고 있었다. 카메라를 바라보지 않는 안경을 쓴 한 명이 기태의 시선을 끌었다. 그의 시선은 온전히 구멍 뚫린 수술포로 향해 있었다. 기태는 그가 김일남 원장임을 한눈에 알아보았다. 적에게 조금의 허점도 보이지 않으려는 검객의 눈빛. 그의 온 신경은 수술 부위를 향해 있었다. 사진을 찍는 그 짧은 순간에도 그의 시선은 수술 부위를 결코 벗어나지 않았다.

고개만 돌리면 언제라도 볼 수 있었지만, 김일남 원장도 오랜만에 보는 사진이었다. 초록색 수술복을 입은 김일남 원장은 최상도 과장과 마주 보고 서 있었다. '그랬지. 최상도 과장님은 언제나 최고였지.' 김일남 원장이 지그시 눈을 감았다.

2

김일남은 응급실 인턴이었다. 응급실은 복도까지 간이침대를 놓고 환자들이 누워 있을 정도로 북새통이었다. 갓 의사면허를 딴 일남은 이런저런 고통을 호소하는 환자들에 치여 얼이 빠질 지경이었다. 인턴의 주요 업무는 응급실을 방문한 환자를 일차적으로 진찰하여 병명을 붙이고, 해당 과 당직 레지던트들에게 연락하는 것이었다. 인턴의 콜을 받은 당직 레지던트는 일단 우선적으로 필요한 검사나 처치를 지시하고, 응급상황이라 판단되면 즉시로 달려왔다. 당직 레지던트 선에서 해결이 안 되는 문제들은 해당 과 과장에게 연락을 하였다.

일남은 한 시간 전 경련을 일으켰다는, 그러나 지금은 너무도 편안해보이는 아이를 진찰하고 있었다. 체온을 측정한 후 펜라이트로 아이의 입안을 들여다보았다. 옆 침대에는 배를 껴안고 뒹구는 중년 남자가 누워 있고, 맞은편에는 이동식 산소호흡기를 부착한 천식 환자가 침대에 상체를 세우고 앉아 있었다. 입구 쪽에서 정형외과 당직의가 대퇴부 골절 환자에게 부목을 대고 있었다.

그때 응급실 문이 거칠게 열리며 119 구급대원 두 명이 젊은 남자를 들것에 싣고 뛰듯이 들어왔다.

"혈압이 안 잡히고 호흡도 없어요. 이 사람부터 빨리 봐주세요."

간호사들이 급히 혈압을 재고 혈관을 확보해서 수액을 연결했다. 일남은 진찰하던 아이의 보호자에게 양해를 구한 뒤 그에게 급히 달려갔다. 심전도를 장착하고 폴리 도관을 끼웠다. 방사선 당직 기사가 응급 포터블 엑스레이를 끌고 와 가슴 사진을 찍는 사이 일남은 채취한 혈액을 검사실로 보냈다. 남자의 혈압이 잡히지 않았다. 일남이 청진기를 가슴에 대자 미세한 심장의 박동 소리만 희미하게 들렸다.

환자는 근무를 마치고 근처 헬스장에서 벤치프레스를 하다 갑자기 왼쪽 가슴에 통증을 느꼈다. 그는 대수롭지 않게 생각하고 하던 운동을 마쳤다. 샤워를 하고 옷을 갈아입던 중 통증이 다시 시작되었다. 청년은 호흡을 할 때마다 가슴이 빠개지는 통증을 느꼈고 숨은 턱에 차올라 말도 제대로 못할 지경이 되었다. 그는 옷도 미처 갈아입지 못한 채 실신하여 쓰러졌다. 119 구급대원에 의하면 구급차에 탈 때만 해도 의식이 있었는데, 병원에 도착할 즈음 급격히 악화되어 호흡도 맥박도 모두 사라졌다고 했다.

그 말을 듣는 순간 김일남은 기흉이 아닌가 생각했다. 그러나 일반적으로 기흉은 지금처럼 증상이 급격히 악화되거나 하진 않았다. 통증이 심하긴 했지만 대부분 스스로 걸어서 병원을 찾아올 정도였다. 그렇다면 아주 드물긴 하지만 특수한 경우로서 긴장성 기흉을 생각해볼 수 있었다. 손상된 늑막에 일방통행의 밸브가 생기면 폐의 찢어진 곳으로 공기가 빠져나가기는 하지만 들어오지는 못하게 되고, 숨을 쉴수록 폐 바깥 늑막에 공기가 차게 된다. 시간이 지나면서 공기 주머니는 점점 커지고, 결국 폐를 찌그러뜨리고 심장을 압박한다. 숨길도 혈행도 모두 막혀버리게 되는 것이다. 빨리 손쓰지 않으면 사망에 이르는 초응급상황이었다.

누군가 사람들을 헤치며 환자 곁으로 다가왔다. 최상도였다. 그는 뷰박스에 걸린 엑스레이를 확인한 다음 환자의 가슴에 청진기를 대보았다. 잠시 생각하던 최상도가 결연한 표정을 짓더니 환자의 가슴을 수술용 메스로 2㎝가량 절개했다. 벌어진 피부 사이에 캘리 겸자를 끼우고 늑골 사이로 깊숙이 찔러넣었다. 순간 푹 소리와 함께 쉬이 하며 바람 빠지는 소리가 났다. 환자의 가슴이 조금씩 오르내리기 시작했다. 환자의 혈압도 서서히 올라갔다. 여기저기 낮은 탄성이 들려왔다.

"긴장성 기흉이구나."

김일남이 자기도 모르게 중얼거렸다. 환자의 가슴에 흉관을 설치하던 최상도가 일남 쪽을 힐긋 돌아보았다. 최상도는 켈리 겸자를 밀어넣었던 부위에 엄지손가락 굵기만 한 흉관을 끼우고 피부에 단단히 고정시켰다. 위급했던 환자의 상태가 안정이 되자 김일남은 조금 전 진찰했던 아이를 다시 살펴보았다.

"긴장성 기흉을 어떻게 생각해냈지?"

어느새 최상도가 곁에 다가와 있었다.

"자네 흉부외과 지원해보면 어떻겠나? 흉부외과의사야말로 진정한 칼잡이지."

최상도가 김일남이 입고 있는 가운에 부착된 이름표를 살펴보았다.

"검객 김일남이라. 잘 어울리는 이름이군."

최상도가 호탕하게 웃었다.

3

성태는 바람이 유난히 매섭던 열두 살 겨울에 강원도 사북의 동원

탄좌 사택에서 박 반장을 만났다. 하옥과 성태가 사북 버스터미널에 내려 좁고 구불구불한 시멘트 포장도로를 걸어오는 동안 날이 저물었다. 도로를 따라 길게 뻗은 개천은 갱에서 흘러나온 탄가루로 검은색을 띠고 있었다. 도로에 난 표지판을 따라 가파른 샛길을 한참 오르자, 비탈진 경사면에 다닥다닥 붙어 있는 단층 슬라브집들이 나타났다. 800여 가구가 모여 사는 대규모 사택이지만 변변한 가로등 하나 없었다. 슬레이트 지붕과 담장 위에는 아직 채 녹지 않은 눈이 쌓여 있었다. 사택들 사이로 지나는 좁은 길은 눈 녹은 물로 질척거렸다. 두 사람은 탄가루와 연탄재가 뒤섞인 검은 진창길을 몇 바퀴나 돌아 겨우 박 반장의 집을 찾았다.

한 동에 다섯 가구가 모여 사는 이곳 사택에서 광부들은 박 반장의 집에 모여 술을 마시거나 크고 작은 일들을 상의했다. 언젠가 술자리에서 한 광부가 어릴 적 국민학교 반장 같다며 우스갯소리를 한 후, 광부들은 채탄부 제3조 조장 박치수를 박 반장이라 부르기 시작했다.

현관에는 무릎까지 오는 긴 고무장화와 탄가루로 얼룩진 투박한 작업화가 가지런히 놓여 있었다. 현관 왼쪽으로 연탄아궁이가 달린 조그만 부엌이 있었다. 아궁이 위 무쇠솥에서 올라온 김이 부엌 천정에 부딪혀 부옇게 흩어졌다. 현관에서 미닫이 유리문을 열면 바로 방이었다. 사람이 온다고 불문을 활짝 열어놓았는지 바닥이 따끈했다. 방은 사방무늬 벽지를 바른 베니어합판을 칸막이로 하여 둘로 나뉘어 있었다. 칸막이벽에 박아놓은 못 머리에 감청색 작업복과 랜턴이

달린 안전모가 걸려 있었다.

하옥은 양손에 들고 있던 보따리 두 개를 누렇게 변색한 장판 위에 내려놓았다. 박 반장은 그냥 몸만 들어오면 된다고 했지만 이것저것 챙기다보니 짐이 꽤 되었다. 평생에 가진 것이 달랑 짐 두 보따리라 생각하니 하옥은 지나온 세월이 허망하게 느껴졌다. 짐을 내려놓고 하옥은 차분히 집안을 살펴보았다. 남자 혼자서 삼 년을 살았다는 집이 생각보다 잘 정돈되어 있었다.

"인사드려라. 아버지시다."

하옥이 성태의 뒷머리를 눌렀다.

"니가 성태가? 오느라 욕봤다."

박 반장의 굵고 걸쭉한 목소리에는 어딘지 모르게 두 모자에 대한 안쓰러움이 묻어 있었다. 성태가 머리를 숙여 박 반장에게 인사를 했다. 박 반장은 성태의 생부와 본은 다르지만 같은 성씨를 썼다.

"나는 밀양인데 어디 박씨고?"

"고령 박씨예요."

하옥이 성태 대신 대답했다.

언제부턴가 여자 아이 하나가 방문에 기대어 두 모자를 빤히 쳐다보고 있었다. 정미는 성태보다 두 살이 많았는데 오히려 동생처럼 보였다. 또래와는 어딘지 모르게 다른 느낌이었다.

"정미가 좀 이래 보여도 말도 잘 듣고 참 착하다네. 정미엄마가 눈을 감으면서도 정미를 마음에서 놓지 못했을 거라."

박 반장이 정미를 쳐다보며 말했다. 정미가 커다란 눈을 껌벅이며 겁먹은 표정으로 낯선 두 사람의 얼굴을 번갈아 쳐다보았다.

삼 년 전 박 반장은 아내를 잃었다. 박 반장의 처는 몇 년에 걸쳐 조금씩 하혈이 있었다. 삶이 각박한 사람들 대부분이 그렇듯이 자기 몸보다 급한 일들은 매일매일 어디선가 끊임없이 생겨났으므로, 박 반장 처는 자기 몸 챙기는 건 마음에서 놓아버린 지 이미 오래였다. 게다가 몸 아픈 것쯤이야 사람 사는 곳이면 당연하게 따라붙는 이자처럼 생각되어서, 박 반장 처는 어쩌다 몸 어딘가에 고장이 났다는 신호가 오면 이놈의 세월이 이자는 꼬박꼬박 받아가는구나, 라며 견디어 왔다. 급기야 쓰러질 지경이 되어 병원을 찾았지만, 암은 이미 몸 구석구석에 퍼져 있었다.

가난한 집에서 태어나 가난한 남편을 만나 평생을 가난하게 살다 결국은 그것을 벗어버리지 못하고 죽는구나, 생각하니 박 반장 처는 기가 막혔다. 그래도 심성 좋은 남편 만나 마음고생은 하지 않았으니 그나마 위로가 되었다. 박 반장의 처는 가난한 사람들이 으레 그러하듯 금방 체념하고 운명에 순응했다. 다만 정미가 목에 가시처럼 걸렸다. 박 반장 처는 의식이 가물대는 와중에도 박 반장의 손을 잡고 정미 생각해서라도 좋은 사람 만나 재혼하라며 아이 타이르듯 당부했다.

하옥은 성태 때문에라도 참고 지내려 했다. 하지만 남편의 매질은 갈수록 심해졌다. 십 년이 넘게 발길과 주먹질을 견뎌왔지만, 아무리 술에 취했다고 해도 칼을 들고 성태에게까지 폭력을 휘두르는 남편을 보자 부부의 인연은 여기까지라고 생각했다. 아이마저 위험에 빠뜨릴 수는 없었다. 남편이 술집에서 행패를 부리다 구치소에 붙들려 간 사이 성태를 데리고 집을 나왔다. 남편으로부터 멀리 도망간다고 간 곳이 강원도 태백이었다. 하옥은 광부들을 상대로 하는 간이식당에서 허드렛일을 하며 힘겹게 살았다.

하옥은 어린 성태를 데리고 마음이 검불 같아서 심성만 따듯하면 집도 절도 없어도 서로 의지하며 살고 싶었다. 태백과 사북 두 곳에서 식당을 하던 주인이 하옥과 박 박장 사이에 다리를 놓아주었다. 박 반장을 만난 하옥은 딸 정미를 생각하는 그를 보고, 이 사람이라면 성태까지도 품어주리란 믿음이 생겼다. 살아볼수록 박 반장은 심지가 굳고 한결같은 사람이었다. 하옥은 이 년 후 박 박장의 아이를 가졌다. 40을 넘은 노산이었다. 박 반장은 굳이 원하지 않았지만 하옥이 부득불 우겼다. 하옥이 그런 결심을 한 것은 성태의 생부가 박 박장을 찾아왔단 얘기를 들은 후였다.

성태 생부는 술에 잔뜩 취해 있었다. 박 반장을 바라보는 그의 눈은 살기로 번득였다. 이마에서 눈썹까지 길게 칼자국이 새겨진 얼굴은 쳐다보기조차 섬뜩했다. 박 반장은 그를 사북 읍내의 한 술집으로 데리고 갔다. 박 반장이 커다란 유리컵에 소주를 가득 부었다. 소주 반 병이 채워졌다. 박 반장이 컵을 단숨에 비웠다. 성태 생부는 외투 주머니에 손을 넣고 항상 지니고 다니는 잭나이프를 만지작거렸다. 박 반장이 병에 남아 있는 술을 따라 빈 컵을 새로 채웠다. 박 반장이 성태 생부의 눈을 똑바로 쳐다보며 두 번째 잔을 천천히 들이켰다.

소주 한 병을 단숨에 비운 박 반장이 빈 병을 탁자 모서리에 '탁!' 하고 부딪혀 깨뜨렸다. 박 반장이 왼쪽 소매를 걷어올리고 깨진 소주병으로 팔꿈치에서 손목까지를 천천히 그어내렸다. 굵은 눈썹이 잠시 꿈틀거린 것 말고는 박 반장의 표정은 변화가 없었다. 박 반장의 눈빛은 계속 성태 생부를 향해 있었다. "내 피를 보는 것으로 이 일은 마무리합시다. 다시 찾아올 땐 누구 피를 볼지 나도 장담 못하오." 박 반장이 일어서며 두툼한 봉투를 식탁 위에 올려놓았다. 봉투 아래로 피가 흥건히 고였다. 성태 친부가 박 반장의 눈을 피하며 앞에 놓인 잔에 술을 따랐다. "불쌍한 여자요. 잘 부탁하오. 성태도…." 술집을 나서는 박 반장을 향해 성태 친부가 말했다. 울먹이듯 말끝이 흐려졌다.

성태는 지금도 꿈을 꾼다. 하옥과 성태를 향해 주먹을 날리던 생부의 눈빛. 생부의 이마에서 눈썹을 가르며 길게 그어져 내려온 칼자국. 술에 취한 얼굴에서 상처는 뱀처럼 꿈틀거렸고, 생부의 눈빛은 독사의 살기를 품고 있었다. 지옥 같은 밤은 신고를 받고 출동한 경찰이 올 때까지 계속되었다. 생부를 피해 사북을 도망쳐온 이후에도 성태는 사북의 구석구석에 숨어 있던 그 눈빛을 보았다. 아이들과 학교 운동장에서 공을 차거나 검은 개천을 따라 먼지날리는 시멘트 포장도로를 터덜터덜 걸어갈 때, 성태는 골목 모퉁이나 전봇대 뒤에 몰래 숨어 지켜보는 생부의 눈빛을 느꼈다. 성태는 결코 그곳을 돌아보지 않았다. 생부의 눈빛은 몇 달 후 사라졌다.

임신 8개월째 하옥은 심한 하혈을 했다. 태백의 산부인과 병원에서 진찰한 의사는 위급하니 큰 병원으로 옮기라 했다. 강릉에서 피를 다섯 개나 맞으며 다시 서울로 이송되었다. 하옥은 전치태반이란 진단을 받고 응급 수술을 했다. 다행히 아이는 건강했다. 아들이었다. 하옥은 아이를 며칠 안아보지 못했다. 노산인데다 출혈이 심해 산후 닷새째 산욕열에 걸렸다. 산욕열은 패혈증으로 진행되었고, 다시 범발성 파종성 혈관내 응고증이라는 길고도 난해한 이름의 병으로 악화되었다. 하옥의 중요한 장기들이 그 기능을 잃었다. 하옥의 심장과 폐는 약물과 기계의 힘으로 겨우 움직였다. 한 달을 버티다 박 반장은 하옥에게 부착된 기계를 제거한다는 서류에 서명을 했다. 손가락에 묻은 붉은 인주를 닦아내며 박 반장은 언젠가 자신의 여자를 부탁한다며 울먹이던 한 사내를 떠올렸다. 박 반장은 자신 말고는 아무도 들을 수 없는 소리로 조그맣게 '미안합니다'라고 말했다. 박 반장은 아이 이름을 기태라 지었다.

4

병원비로 많은 빚을 지게 된 박 반장은 퇴직금이 얼마나 되는지 계산해보았다. 빚을 갚고나면 손에 쥐이는 게 없었다. 사택에 함께 사는 광부들이 십시일반 모아준 돈이 생각보다 꽤 되었다. 반장은 사북을 떠나 서울 봉천동 쑥고개에 방을 하나 얻었다. 반장은 새벽마다 인력시장으로 나가 품을 팔았다.

성태는 친부에게서 느끼지 못했던 아버지의 정을 박 반장에게서 느꼈다. 고등학교를 졸업하고 전문대학에 다니던 성태는 방학 때면 박 반장을 따라 새벽일을 나갔다. 자갈과 모래를 개던 성태는 등에 벽돌을 짊어진 박 반장이 난간도 없는 가파른 철제 계단을 다리를 부들거리며 오르는 것을 바라보았다. 성태는 반장이 평생 지고 다니던 가장이라는 짐이 어떻게 박 반장의 허리를 주저앉히고 무릎을 꺾어 놓는지를 보았다.

기태는 봉천동 험한 산동네 아이들 중 하나가 되어 있었다. 으슥한 공터에서 담배를 피우거나 컴컴한 골목에 숨어 있다가 아이들의 돈을 뺏었다. 강해지기 위해 기태는 거친 말들을 쓰는 법을 배웠다. 이빨 사이로 침을 뱉거나 날카롭게 노려보는 연습을 했다. 그리고 연습한 것들을 실전에 사용하며 다양한 경험을 쌓았다. 기태는 봉천동 조무래기들이 아닌 세상과 맞장을 뜨고 싶었다. 그러기 위해선 무엇보다 강해져야 한다고 생각했다.

기태는 가끔 박 반장과 성태가 일을 나간 빈집에 혼자 남아 성태의 책꽂이에 꽂힌 책을 꺼내보곤 했다. 어느 날 기태가 빈집에 남아서 어떤 책을 뒤적이다 '그러므로 삶은 얼마나 엄중한 것이냐?'라는 문구를 보았다. 그 후 며칠간 기태는 동네 아이들도 만나지 않고 말수도 많이 줄었다. 그러다 이내 예전처럼 아이들과 어울려 얼굴과 몸에 퍼런 흔적들을 남기며 쑥고개를 천방지축 싸돌아다녔다.

정미는 봉천동 쑥고개 '또와호프' 이층에서 들려오던 노래와 손뼉소리에 호기심이 생겨 올라갔다가 소망교회 신도가 되었다. 몇 달 뒤 교회 전도사가 정미에게 인형에 눈알을 다는 직장을 소개해주었다. 무한 반복적인 단순한 그 일이 정미의 적성과 딱 들어맞았다. 정미는 눈알뿐 아니라 인형을 만드는 전반적인 일에 재능을 보였고, 시키지도 않은 여러 작업들을 순전히 재미삼아 시도해보았다. 정미는 인형의 눈, 코, 입뿐 아니라 모자와 신발과 치마, 바지까지 만들었다. 그러다 급기야 귀여운 토끼 모습을 한 귀여운 캐릭터도 하나 개발해냈다. 정미는 교회의 도움을 받아, 정확히는 교회의 투자로 호프집 3층 그러니까 교회 바로 위층에 조그만 가게를 하나 냈다. 정미와 함께 인형의 눈알을 달던 청년이 정미를 도왔다. 어느 날부턴가 정미는 눈꼬리가 순해보이는 그 청년과 가게 안 쪽방에서 함께 살기 시작했다.

정미의 배가 조금씩 불러올 무렵 공사장에서 철근을 나르던 박 반장이 피가 섞인 가래를 한 덩이 토했다. 병원에서는 박 반장의 병이 진폐증이라 했다. 아직까진 마땅한 치료가 없다고 했다. 병은 점점 깊어져서 결국 산소통을 없이는 한 발짝도 떼지 못할 지경이 되었다. 어느 날 밤 숨이 턱에 닿은 박 반장이 119에 실려 병원으로 가던 중에 토하다 의식을 잃었다. 중환자실에서 인공호흡기를 달고 있던 박 반장은 누군가 자신의 손을 잡으며 아이를 잘 돌봐줘 고맙다며 인사하는 소리를 들었다. 그때 중환자실 담당 의사는 박치수 환자가 달고 있었던 인공호흡기를 떼어냈다.

호흡기를 제거하는 동의서에 사인을 한 후 성태는 학교에 자퇴서를 냈다. 박 반장의 죽음을 거두는 성태를 보며 기태는 언젠가 아무도 없는 빈집에 홀로 남아 읽었던 책의 구절을 생각했다. 삶은 얼마나 엄중한가! 기태는 아버지 박 반장이 때가 되자 형 성태에게 바통터치를 한 거라 생각했다. 삶은 얼마나 엄중한 바통인가! 편의점 알바와 공사판 잡부와 나이트클럽 웨이터를 하며 기태는 종종 그 말을 떠올렸다. 얼마 후 기태는 해병대에 자원입대했다.

5

간헐적인 흉통을 주요 증상으로 입원 중이던 34세 남자 환자의 우측 폐 하엽에 호두알만 한 크기의 혹이 발견되었다. 환자는 즉시 흉부외과로 전원되었으며, 주치의 김일남은 환자의 MRI 소견만으로는 양성과 악성의 감별이 불가능하므로 병소의 정밀 조직검사가 필요하다고 판단했다. 일반적으로 암이라고 부르는 악성 종양은 양성에 비해 치료의 방향과 방법 및 예후가 완전히 달랐다. 그러므로 치료에 있어서 양성과 악성의 감별은 필수적이었다. 대개는 조직검사와 동시에 병소의 국소절제술을 함께 시행하여, 만일 조직검사 결과가 양성으로 나오면 그것으로 치료를 종결하고 악성으로 판명되면 추후 적절한 시기에 우측 폐를 모두 절제하는 단계적 치료를 실행하였다. 김일남은 이에 상응하는 치료 계획을 세우고 최종 결정을 위해 흉부외과 주임과장 최상도를 찾았다. 김일남으로부터 보고를 받은 최상도는 치료 계획이 환자의 현 상황에서 최선임에 동의하고 빠른 시일 내에 수술 스케줄을 잡도록 지시하였다.

김일남은 환자에게 수술 및 치료 과정을 설명한 후, 수술동의서를 받기 위하여 환자의 보호자를 찾았다. 병원 규칙상 전신마취 하에 시행하는 모든 수술은 환자의 보호자로부터 수술동의서를 받아야 했다. 동의서에는 수술 후 따를 수 있는 불가항력적인 문제들, 예를 들어 수술 후 감염증이나 출혈, 전신마취로 인한 사고 등이 망라되어 있었다. 거기에는 사망까지 포함하여 차후 발생하는 어떤 문제에 대해서도 수술을 집도한 의사나 병원 측에 민형사상의 이의를 제기하지 않겠다는 내용도 포함되어 있었다. 일종의 현대판 불평등 조약문서라 불릴 만했다.

그것을 알기에 일남은 수술동의서를 받는 과정이 늘 곤혹스러웠다. 일남뿐 아니라 병원 모든 직원들이 동의서가 불합리하고 불공정하다는 사실을 알고 있었다. 그러나 병원이 사회라는 거대한 시스템 안에서 하나의 부품을 이루고 있듯, 일남을 포함한 직원들 또한 병원이라는 시스템 안에서는 하나의 부속품일 따름이었다. 그들에게 동의서는 그저 부속품으로서 해야 할 다양한 의무 중 하나일 뿐이었다. 부속품에게 일은 감정을 제거한 수학의 공식이나 공리와 같았다. 규칙 안으로 숨어들면 껄끄러운 일들도 금방 편해졌다.

의료라는 것이 의학적 지식과 술기를 매개로 이루어지는 사회적으로 공인된 행위이지만 결국 한편이 다른 한편에게 자신의 소중한 무엇인가를 맡기는 결단이 수반되므로, 의사와 환자라는 독립된 두 인격체 간에 신뢰가 없다면 의사라는 직업 또한 기계를 고치는 기능공과 다를 바 없다고 일남은 생각했다. 일남은 동의서를 받을 때면 전문적인 의학이나 법률 용어를 사용하지 않고 일종의 비유를 들어 설명했다. 수술 과정에서 환자가 사망할 수도 있다는 부분에서는 교통사고의 예를 들기도 했다. 그러나 이번 경우에는 일남의 비유법이 쉽사리 전달되지 않았다.

환자는 미혼이고 부모는 모두 사망하였으며 남동생은 현재 군복무 중이라 했다. 수술동의서에 서명할 수 있는 직계가족은 누나 한 사람뿐이었다. 환자의 보호자인 박정미는 일남으로부터 환자가 수술 과정에서 사망할 수도 있다는 설명을 듣고 잔뜩 겁에 질렸다. 그녀의 커다란 눈은 두려움으로 더욱 커지고 눈물이 그렁그렁 고였다. 눈이 불안한 듯 깜박였고 그때마다 눈물이 병실 바닥으로 떨어졌다. 입을 커다랗게 벌려 우는 표정을 지었지만 소리를 내지는 않았다.

"그럴 일은 없을 겁니다. 그러니까 예를 들면 교통사고 같은 거예요. 그래요, 비행기 사고가 더 낫겠네요."

일남이 보호자에게 휴지를 건네며 말했다.

"비행기라는 게 언제라도 사고가 날 수 있지만 그렇다고 사람들이 비행기를 타지 않는 건 아니잖아요? 수술도 물론 항상 결과가 좋은 건 아니에요. 그래도 그것이 최선이기 때문에 수술을 받는 거지요. 비행기를 타는 것처럼 말이죠. 위험하다고 걷거나 헤엄쳐서 갈 수는 없으니까요."

환자의 누나는 일남의 말을 귀담아듣지 않는 듯했다.

"아빠도 엄마도 없어요. 동생까지 없어지면 너무 무서워요."

그녀가 울음 섞인 목소리로 느릿느릿 말했다. 길에서 엄마를 놓친 아이처럼 불안해보였다. "너무 걱정하지 마세요. 그냥 비행기 타고 잠시 여행 다녀온다 생각하시면 될 거예요. 여기에 찍으시면 돼요."

정미가 동의서에 지장을 찍을 때 종이 위로 눈물이 후드득 떨어졌다.

6

수술은 네 명이 한 팀으로 이루어졌다. 초록색 수술복과 파란 수술

모를 쓴 집도의 최상도 과장 맞은편에 제1 조수인 김일남이 자리를 잡았다. 나머지 제2, 제3 조수는 각각 최상도와 김일남의 옆에 섰다. 네 명 모두 파란 수술모를 쓰고 있었다. 수술대 위에 누운 환자의 어깨쯤에 수술과 마취의 영역을 나누는 녹색 스크린이 테니스 코트의 네트처럼 세워져 있었다. 스크린 너머로 하늘색 수술모를 쓴 마취과 의사와 마취과 소속 간호사가 환자의 기도에 삽입된 튜브에 앰버백을 연결하고 규칙적으로 공기를 불어넣었다. 마취 테이블에 설치된 모니터에는 파도 모양의 형광선이 일렬로 지나갔다. 환자의 폐에 앰버백으로 쏴아쏴아 하며 공기를 불어넣는 소리가 모니터의 파도 문양과 어울려 차가운 이성과 논리의 공간인 수술실에 한적한 바닷가의 분위기를 자아냈다.

최상도가 환자의 수술 부위의 피부를 검지와 중지로 누르며 좌우로 벌렸다. 당겨진 활시위처럼 팽팽해진 피부 위에 최상도가 외과용 10번 메스의 날을 올려놓았다. 최상도가 깊게 숨을 들이마시고 훅 멈추었다. 메스 칼날이 환자의 우측 견갑골 내측 하연에서부터 3, 4번 늑골 흉골 연까지를 길게 S자를 그리며 지나갔다. 부드러우면서 경쾌한, 그러나 무엇보다 정확한 칼놀림이었다. 최상도가 후우, 길게 숨을 내쉬었다. 갈라진 피부와 피하조직 사이로 지방층이 노랗게 드러났다. 피는 한참 후에 배어났다. 고수의 칼이 지나간 상처는 베인 즉시 피가 나지 않았다. 정교하게 자른 상처는 혈액의 흐름까지 순간적으로 정지시켰다. 최상도의 칼이 지나간 상처에서 서서히 피가 배어나오기 시작했다. 일남은 끊어진 혈관들을 핀셋으로 잡으며 지혈

해나갔다. 핀셋에 전기를 대면 지지직 타는 소리와 함께 출혈 점들이 수술 시야에서 사라졌다.

종양은 우측 폐 하엽과 중엽의 사이에 위치해 있었다. 검붉은 자두 모양이었다.

"보기에 악성은 아닌 것 같은데요?"

일남이 리트렉터로 폐의 하엽과 중엽을 벌려 종양을 노출시켰다.

"그런가?"

수술이 너무 싱겁게 끝나버릴 것 같았는지 최상도의 목소리에 실망스러운 빛이 비쳤다. 무덤덤하게 종양을 만져보며 최상도가 말했다.

"어차피 조직검사해서 악성으로 나오면 또다시 가슴을 열어야 할 텐데 말이야. 어떤가? 기왕 연 김에 안전하게 날려버리는 게? 임파절이나 주변 전이는 보이지 않지만 혹시나 암세포가 있다면 주변으로 퍼졌을 수도 있을 테고 말이야. 안전하고 완전한 수술이 되는 거지. 환자를 위해서도 좋고. 어때?"

애초에 생각했던 국소 절제술 대신 한쪽 폐 전체를 제거하는 수술을 하겠다는 말이었다. 최상도가 그렇게 말했으면 그걸로 끝이었다. 일남은 최상도의 말에 토를 달거나 반대 의견을 제시했다가 혼쭐이 난 선배 레지던트들에 대해 들은 적이 있었다. 아예 수술실에 들어오지도 못한 경우도 있었다. 수술실에 들어오지 못하는 외과의사는 날개 잘린 새와 같았다.

최상도가 결심하자 수술은 일사천리로 진행되었다. 기관지와 혈관과 신경을 박리한 후 실크타이로 묶었다. 중요한 혈관인 폐동맥과 폐정맥은 최상도가 직접 타이를 하여 묶었다. 폐동맥을 묶을 때 혈관과 실 사이에 노란 지방조직이 끼어 있는 것이 일남의 눈에 들어왔다. 최상도는 볼 수 없는 사각지대였다.

"한번 더 묶지 않아도 될까요?"

가끔 혈관을 묶은 실이 풀리는 경우가 있었다. 굵은 혈관이 풀리면 환자에게 치명적이었다. 갑작스런 대량의 출혈로 손써볼 틈도 없이 사망했다. 따라서 이처럼 중요한 혈관은 두 번, 더러는 세 번까지 묶는 경우도 있었다.

"괜찮아."

최상도가 말했다.

혈관을 실로 묶을 때 손끝으로 오는 감이 있다. '이번 타이는 확실하게 묶였군', 혹은 '이건 좀 찝찝한 걸?', 같은 느낌이다. 수술이 끝나고 나서 왠지 모르게 찝찝한 느낌이 드는 때가 있다. 그럴 땐 하루 이틀은 불안한 마음이 들어 일이 손에 잡히지 않았다. 출혈은 대부분 수술이 끝난 하루나 이틀 동안에 일어났다. 일남에게 그 찝찝한 느낌이 현실로 나타나는 경우는 아직 없었다. 그러나 아주 작은 확률이라도 거기에 속한다면 환자에겐 치명적이었다.

최상도 과장의 확률은 어느 정도일까? 일남은 가끔 생각해보았다. 백에 하나? 천에 하나? 그런 게 다 무슨 의미가 있는가? 최상도 과장이야말로 최고 아닌가? 응급실에서 긴장성 기흉 환자의 늑골 사이에 겸자를 박아 공기를 빼내는 최상도가 떠올랐다. 일남의 불안한 마음은 금방 사라졌다.

피부를 절개한 후 뼈와 근육을 제치고 흉곽 안 종양을 노출하는 과정이 일사천리였듯, 열린 흉곽을 닫고 피부까지 봉합하는 과정 또한 신속했다. 수술 담당 간호사들이 피에 젖은 외과용 택이 달린 거즈들을 바닥에 늘어놓고 카운트를 했다. 일남은 수술이 끝난 환자의 흉곽 안에 고이는 혈액과 체액을 빼주기 위해 흉관을 장착했다. 마취 담당 의사가 환자의 콧구멍에 가는 관을 넣어 침과 가래를 뽑아냈다. 환자가 신음 소리를 내며 몸을 비틀었다. 마취에서 깨어나며 아마도 엄청난 통증을 느낄 것이다.

"환자분 숨 크게 들이쉬고 눈뜨세요. 가래 있으면 기침해 뱉어내시구요."

마취과 의사가 환자의 귀에 대고 큰소리로 말했다. 환자가 가슴을 움직이며 숨을 들이켰다. 숨이 들어오며 가슴이 크게 부풀자 환자가 억 소리를 내며 숨을 멈추었다. 한참 후 길게 내쉬더니 자연스럽게 숨을 들이마시고 내쉬기 시작했다. 흉관이 연결된 보틀과 환자의 호흡을 확인한 후, 기태는 수술기록지를 작성하기 위해 수술실을 나섰다. 집도의 최상도 과장은 이미 수술실을 나간 뒤였다. 일남은 앞으로의 환자의 일정에 대해 생각해보았다. 수술은 일남에게는 매일의 일상이지만, 환자에게는 일생에 한번 겪는, 두 번 다시 겪고 싶지 않은 특별한 사건일 터였다.

환자는 회복실로 옮겨 호흡과 심장 기능을 확인할 것이다. 문제가 없다고 판단되면 흉부외과 전용 중환자실로 이동할 것이다. 그곳에서 며칠 지낸 후 별다른 문제가 없다면 일반병실로 옮겨질 것이다.

이삼 일이 지나면 조금씩 걷고 움직이며 식사를 하게 될 것이다. 밥을 먹고 움직이면 하루가 다르게 기력이 돌아올 것이다. 그렇게 일주일이나 열흘을 보내고 병원 생활에 익숙해질 쯤이 되면 퇴원하게 되는 것이다. 일남은 박성태 환자 또한 당연히 예정된 코스를 밟을 것이라 생각했다. 오히려 너무 회복이 빨라 일찍 퇴원하겠다고 우기지나 않을까 걱정이 들 정도였다.

7

수술 후 환자는 수술대에서 이동식 침대로 옮겨져 회복실로 이동하였다. 마취과 의사와 흉부외과 수련의가 침대 앞뒤를 잡고 끌었다. 회복실에 도착하기 위해서는 수술실의 긴 복도를 지나야 했다. 일남이 수술일지를 기록하기 위해 집도의 대기실로 들어설 때 환자가 누운 이동식 침대가 복도를 지나 회복실로 들어가는 것이 보였다.

일남은 수술일지를 기록하기 위해 컴퓨터 앞에 앉았다. "The patient is placed in a lateral decubitus position with the …." 그때 회복실 쪽에서 급하게 외치는 소리가 들렸다. 우당탕 무언가를 끌며 급하게 달리는 소리가 복도를 가득 채웠다. 일남은 급히 자리에서 일어났다. 예감이 좋지 않았다. 마취과 의사와 흉부외과 수련의가 이동식 침대를 끌고 수술실로 달려가고 있었다.

"피! 피! 피 가져와!" 수술 부위에 설치한 흉관과 연결된 보틀은 피로 가득 차 있었다. 넘치고 흘러서 복도와 수술실 바닥이 피로 질펀했다. 일남이 환자에게 달려갔다. 그와 동시에 최상도 과장도 급히 수술실 문을 열고 들어왔다. 혈액은행에서 피를 가져와 혈관에 연결했다. 환자의 얼굴은 백지장 같았고, 심장은 이미 멎어 있었다. 호흡도 없었다. 들어가는 피보다 나오는 피가 더 많았다.

"과장님 일단 수술 부위를 열어서 확인해야 하지 않겠어요?"

최상도는 입을 굳게 다물고 팔짱을 낀 채 눈을 감고 있었다. 일남의 말에 최상도가 천천히 눈을 떴다.

"이건 심장의 문제라고 봐야겠는 걸?"

모두 놀라 최상도를 바라보았다. 최상도의 창백한 얼굴에서 눈이 반짝였다.

물론 심장이 멎은 것은 맞다. 그런데 수술 후 의식이 돌아오고 멀쩡히 숨도 잘 쉬었던 환자에게 왜 갑자기 심장마비가 왔냐는 것이다. 최상도는 수술 후 발생한 출혈은 인정했다. 하지만 그 정도 출혈로 심장이 멎지는 않는다고 했다. 환자에게 이미 심각한 심장의 문제가 있었다고 했다. 수술 후 출혈은 있었지만 수술 자체는 문제없었고 그런 정도의 출혈은 불가항력적인 사항이라 했다. 그러므로 수술 전 환자와 보호자에게 충분히 설명하고 동의를 받는 거라 했다. 무엇보다 그런 위험성을 내포한 환자를 미리 조치하여 위험을 제거하지 않고 흉부외과로 전과한 내과의 실책이라고 하였다.

피로 가득 찬 보틀은 새로운 보틀로 교체되었다. 복도와 수술실 바닥의 피는 깨끗이 청소되었다. 피에 젖은 환자복과 시트는 깔끔한 옷과 시트로 교체되었다. 환자는 수술실에서 회복실을 거쳐 중환자실로 옮겨졌다. 환자의 심장과 폐는 약물과 기계로 뛰고 움직였다. 기계에 전기적 반응이 나타나는 한 환자는 살아 있는 것이다. 환자와 연결된 모니터에는 파도 모양의 형광선이 기계음에 섞여 흐느적거리며 지나갔다.

김일남은 중환자실 앞을 지나다 최상도 과장이 환자의 누나와 이야기를 나누는 모습을 보았다. 최상도는 인간적으로는 더할 나위 없이 연민을 느끼지만, 의학적으로는 어쩔 수 없는 상황임을 설명하고 있었다. 최상도는 결코 당당한 자세를 잃지 않으면서 보호자에게 위로를 건네고 있었다. 그것은 마치 애초에 전혀 가망성이 없는 일을 힘이 닿는 한 최선의 노력을 다 해보았으며, 이제는 조용히 하늘의 뜻을 기다릴 수밖에 없지 않느냐고 웅변하는 현자의 모습처럼 보였다.

8

수술대 위에서 성태는 아무것도 입지 않은 채 얇은 시트 한 장만 덮고 있었다. 목과 팔의 정맥과 연결된 투명한 라인으로 링거액이 느린 속도로 똑똑 떨어졌다. 요도에도 관이 끼워져 있어 연한 노란 소변이 눈금이 그어진 비닐백 안으로 흘러 고였다. 그것들은 마치 모태와 연결된 탯줄 같았다. 성태가 벌거숭이로 태어나 탯줄을 끊고 세상으로 나왔듯이, 앞으로 얼마간 고통의 시간이 지나면 지금 자신에게 연결된 선과 관을 끊고 새로이 세상으로 나갈 것이다. 다시 태어나는 기분이 이런 것일까? 이제까지는 세상에 속수무책으로 당하고 살아왔지만 이제 새로 태어나면 다시는 세상이 자신을 호락호락 대하지 못하게 하리라, 성태는 다짐했다. 그래서 벌거벗은 채 앞으로 다가올

고통을 기다리는 지금의 시간이 두렵지만 설레었다.

가끔 오른쪽 가슴 부위가 뻐근하긴 했지만, 건강에 이상은 없었다. 두 달 전부터 기침이 심해지고 가슴의 통증도 잦아지기 시작했다. 일주일 전 밤중에 깨어 기침을 하다 피가 올라왔다. 그 후 피가 나오는 횟수와 양이 늘더니 숨이 차올랐다. 길을 걷다 말고 몇 번씩 주저앉아 숨을 몰아쉬어야 했다. 며칠 전 성태는 벽에 기댄 채 기침으로 꼬박 밤을 새웠다. 박 반장도 그렇게 벽에 기대앉아 밤새워 기침을 했다. 가래를 뱉어내느라 얼굴은 퍼렇게 질리고 눈에는 핏발이 섰다. 밤새 까무러치도록 기침을 해대고, 박 반장은 새벽이면 어김없이 연장을 담은 낡은 가방을 들고 집을 나섰다. 성태는 이불 속에서 자는 척하며 집을 나서는 박 반장을 지켜보았다. 성태는 박 반장이 지고 가는 무거운 짐과 기침 소리를 나눠 갖고 싶었다.

열두 살 겨울. 성태는 찬바람 몰아치는 사북에서 박 반장을 만났다. 처음엔 어색하고 불편했지만 시간이 지나자 따듯하고 편안해졌다. 성태는 박 반장에게서 가족이란 선물을 받았다. 춥고 어두운 곳에 있다가도 그곳을 생각하면 마음이 환해졌다.

"이제 조금 졸리실 거예요."

마취 담당 의사가 마취약을 성태의 팔에 연결된 수액 라인에 천천히 밀어넣었다. 성태는 링거 병에서 수액이 한 방울씩 똑똑 떨어져 내리는 것을 바라보다가 깊은 잠으로 빠져들었다.

성태는 박 반장과 함께 산을 오르고 있었다. 하늘이 유난히 파란 가을이었다. 성태가 사북에 온 지 일 년쯤 된 일요일이었다. 새벽에 박 반장이 성태를 깨웠다. 성태는 박 반장과 함께 사북 버스터미널에서 첫차를 타고 정선에 내렸다. 그곳에서 다시 평창으로 가는 버스를 탔다. 평창 못미처 미탄이란 곳에서 두 시간을 걸어 잡풀이 수북해 초입조차 찾기 힘든 산자락에 닿았다. 감청색 양복을 입은 박 반장이 성태 몇 발짝 앞서 산을 오르기 시작했다. 박 반장은 한 손엔 옥색 보자기로 싼 짐꾸러미를 들고 다른 손엔 낡은 가방을 들었다. 성태는 기다랗게 말은 돗자리를 들고 그 뒤를 따랐다. 새벽에 출발한 여정은 정오쯤 산 중턱에서 끝났다.

허름한 봉분 두 기가 무성한 잡풀에 덮여 있었다. 잡석을 치우고 박 반장이 성태가 들고 온 돗자리를 봉분 앞에 깔았다. 보따리와 가방을 내려놓고 박 반장이 가방에서 낫과 커다란 벌초용 가위를 꺼냈다. 양복 상의를 벗고 셔츠를 걷어올린 박 반장이 봉분을 덮은 잡풀을 낫으로 치고 지나가면, 성태가 비죽비죽 솟은 무덤의 풀을 벌초용 가위로 다듬었다. 무덤 두 개의 잡풀을 모두 정리한 후에야 박 반장은 허리를 폈다. 박 반장은 커다란 가위를 들고 무덤을 열심히 다듬고 있는 성태를 바라보았다. 나무 등걸 같은 박 반장의 얼굴에 미소가 번졌다. 박 반장은 걷어올린 소매를 내리며 팔에 길게 그어진 상처를 만져보았다. 박 반장이 미간에 주름을 잡으며 입술을 굳게 물었다.

성태가 가위로 봉분을 여기저기 다듬는 동안 박 반장은 옥색 보자기에 싼 짐을 돗자리 위에 풀어놓았다. 사과와 배 몇 알과 마른 북어와 약과, 그리고 막걸리 두 통을 봉분 앞에 늘어놓았다. 박 반장이 종이컵에 막걸리를 따라 무덤 위에 골고루 나누어 부었다. 박 반장이 신발을 벗고 돗자리에 올라섰다. 박 반장이 이마에 손을 올리며 무릎을 꿇었다. 돗자리에 엎드려 한참 동안 움직이지 않던 박 반장의 어깨가 들먹였다. 늦은 가을이라 바람이 차가웠지만 하늘은 구름 한 점 없이 맑고 햇살은 따스했다. 성태는 가위를 든 채 무덤 앞에서 절하고 있는 박 반장을 물끄러미 바라보았다. 박 반장이 성태를 돌아보았다.

"신발 벗고 내 옆으로 와라."

박 반장의 굵은 목소리가 물기에 젖어 있었다. 성태는 신발을 벗고 돗자리 위에 올라와 박 반장 곁에 섰다.

"성태야. 인사드려라. 할아버지시다."

일 년 전, 박 반장을 만났을 때 하옥이 말했다.

"성태야. 인사드려라. 아버지시다."

성태는 두 손을 모은 박 반장이 죄인처럼 고개를 숙인 채 혼잣말로 하는 소리를 들었다.

"아버지. 성태라고 합니다. 아버지 손잡니다. 절 받으소."

박 반장이 손을 이마에 대고 바닥에 엎드리자, 성태도 박 반장을 따라서 엎드렸다. 성태는 추석이면 사람들이 산에서 성묘하는 모습을 TV로 방송하던 화면을 떠올렸다. 헬기에서 내려다보면 산은 동글동글한 봉분 앞에 옹기종기 모여 앉은 사람들로 가득했다. 헬기가 머리 위로 지나가면 사람들은 하늘을 향해 웃으며 손을 흔들었다.

성태는 헬기를 타고 정선과 평창 사이에 있는 야산을 내려다보고 있었다. 산 중턱 동그란 두 개의 무덤 앞에 엎드려 있는 두 사람이 보였다. 성태는 이제 곧 그 두 사람이 하늘을 향해 웃으며 손을 흔들 것이라 생각했다. 박 반장이 성태를 올려다보며 손을 흔들었다. 박 반장이 환하게 웃고 있었다. 박 반장 머리 위로 가을 햇살이 반짝거렸다. 눈이 부셔 성태는 눈을 감았다. 성태가 다시 눈을 떴을 때 박 반장은 보이지 않았다. 박 반장이 없는 세상은 쓸쓸했다. 그때 멀리서 희미하게 소리가 들려왔다. 소리는 점점 커져 성태의 고막을 쾅쾅 두드렸다.

"환자 분, 눈 떠보세요. 수술 끝났어요."

눈을 뜨자 수술대 무영등이 희미하게 보였다.

"환자분, 숨 크게 들이쉬세요."

숨을 들이쉬다 말고 성태는 가슴을 불로 지지는 듯한 통증을 느끼며 숨을 멈추었다. 허공에 매달린 수액 병과 환기구가 설치된 천정이 눈에 들어왔다. 삑삑거리는 기계음과 웅성웅성 주고받는 말소리도 들렸다. 성태는 천천히 숨을 내쉬고 들이마셨다. 통증은 여전했지만 숨쉬기는 한결 나아졌다. 눈앞이 점점 환해지고 사람들의 목소리도 귀에 또렷해졌다.

성태는 어딘가로 이동하기 시작했다. 자동문을 통과하여 천정이 긴 복도를 지나 침대가 줄줄이 늘어서 있는 커다란 방으로 옮겨졌다. 천정의 불빛이 눈부셨다. 꿈이었나? 성태는 조금 전 자신을 쳐다보며 손을 흔들던 박 반장 머리 위로 반짝이던 햇살을 생각했다. 박 반장과 산에서 내려올 때 땅에 부딪혀 사금파리처럼 반짝이던 햇빛. 박 반장이 불쑥 성태를 안아올렸다. 박 반장이 환히 웃으며 성태의 가슴을 쓸어주었다. 그때 성태의 가슴에서 무언가 쑥 빠져나갔다. 그리고 그 빈 자리로 '쿵!' 하고 벼락이 들이쳤다. 사람들이 다급하게 뛰고 외치는 소리가 들렸다. 성태는 헬리콥터를 타고 성묘객을 내려다보듯, 분주하고 소란한 그곳을 무심히 바라보았다. 자신을 둘러싸고 사람들이 바삐 움직였다. 침대에 창백히 누워 있던 성태가 하늘을 향해 손을 흔들었다. 박 반장의 환한 미소와 마주치자 성태의 눈앞이 온통 빛으로 가득 찼다. 그리고 '팟!' 하고 화면이 꺼졌다.

김일남은 발인 하루 전날 밤중에 장례식장을 찾았다. 입구에 화환 두 개만 덩그러니 세워져 있었다. 밀양 박씨 종친회와 최상도 과장이 보낸 화환이었다. 일남은 조의금 함에 돈을 넣고 구석자리에 앉았다. 검은 상복을 입은 여자가 국과 밥을 내왔다. 수술동의서에 지장을 찍은 환자 보호자였다. 일남이 눈인사를 하자 여자가 깊게 허리를 숙였다.

일남의 맞은편에 머리가 허옇게 세고 등이 구부러진 노인이 혼자 술을 마시고 있을 뿐 식장 안은 썰렁했다. 입구에서 소란스러운 소리가 들려왔다. 팔각모를 쓴 해병대 한 명이 화환을 바닥에 패대기를 치며 소리를 질렀다.

"씨발! 사람 죽여놓고, 뭐하는 짓거리들이야. 확 다 불을 싸질러야 알겠어? 멀쩡하게 들어간 사람이 왜 죽어서 나와! 사람 살리는 데가 병원이지 죽이는 데가 병원이야?"

최상도가 보낸 노란 국화들이 영안실 바닥에 흩어졌다.

"엄마고 아버지고 성태 형까지 다들 왜 하나같이 일찍들 처죽고 지랄들이야? 엉? 성태 형. 말 좀 해봐. 야, 박성태, 말 좀 해보라구!"

그때 일남의 맞은편에서 술을 마시던 노인이 일어났다. 노인은 영안실 입구 바닥에서 팔각모가 흩어버린 꽃을 줍기 시작했다. 노인이 꽃을 줍자 팔각모가 조용해졌다. 팔각모가 노인과 함께 꽃을 줍기 시작했다. 꽃을 줍던 노인이 구부러진 허리를 펼 때 이마에서 눈썹까지 길게 가로지른 상처가 보였다. 팔각모가 꽃을 줍다 말고 소매를 올려 눈가를 닦았다. 카키색 군복과 노란 국화가 의외로 잘 어울린다고 일남은 생각했다.

환자의 장례식 이후 일남은 수술실에 들어가지 않았다. 일남의 결정에 대해 최상도 과장은 아무런 반응도 보이지 않았다. 일남은 수련을 마칠 때까지 최상도와 마주치지 않기를 바랐다. 일남은 검객의 꿈을 접었다.

9

"한 소장이 한참 들여다보더니 결국은 나를 집어냈지. 검객의 아우라가 풍긴다나? 그래서 내가 이 사람 싱겁긴, 했더니 정색을 하고서 '딱 봐도 원장님은 칼잡입니다' 그러더군. 한 소장이 워낙 정색해서 내가 일부러 웃어넘겼네만, 어떤가? 자네도 한번 찾아보겠나?"

장난기 어린 말투와 달리 김일남 원장의 눈빛은 사뭇 진지했다.

"제가 뭘 알겠습니까? 다만 어떤 분이 원장님이신지는 딱 봐도 짐작이 갑니다. 어떤 기운이랄까, 기세랄까, 그런 게 느껴집니다."

박기태가 사진 속, 한 명을 손가락으로 짚으며 김일남 원장 쪽으로 액자를 내밀었다.

"이분 아닙니까?"

김일남 원장이 사진을 들여다보았다. 김일남 원장이 한 소장 때처럼 '허!' 하고 웃었다. 그때 진료실 문이 조심스레 열렸다.

"원장님 환자가 밀려 있어요. 이제 진료하셔야겠어요."

접수하는 직원이 얼굴을 반만 들이민 채 곤혹스런 표정을 지었다.

"자네가 환자를 몰고 다니네그려."

원장이 손을 내밀었다. 자리에서 일어난 기태가 두 손으로 원장의 손을 잡으며 고개를 숙였다.

기태가 김일남 원장의 진료실을 나설 때 직원이 화분을 볕이 드는 곳으로 옮기고 있었다. 기태가 병원 문을 나서려는데 와장창 무언가 부서지는 소리가 났다. 화분을 옮기다 떨어뜨렸는지 대기실 바닥이 깨진 화분 조각과 흙덩이로 지저분했다. 노란 국화가 흙더미 사이에 흩어졌다. 당황한 직원이 급히 흙과 꽃을 쓰레기통에 주워 담았다. 기태가 병원을 나서다 말고 직원 옆 대기실 바닥에 쪼그려 앉았다.

김일남 원장도 밖에서 나는 소리를 들었다. 진료실 문을 열고 나왔다가 꽃을 줍고 있는 기태를 보았다. 어디서 본 듯 익숙한 느낌이 들었지만 선뜻 떠오르지는 않았다. 대기실 바닥에 어지럽게 흩어진 파편들의 정리를 마친 기태가 허리를 펴고 일어섰다. 기태가 소매을 걷어 이마의 땀을 닦았다. 기태가 일남을 보고 웃으며 인사를 했다. 박

기태를 바라보는 일남의 눈이 차츰 커졌다. 기태에게 손을 들어 보이고 일남은 진료실로 돌아왔다.

일남은 갑자기 현기증이 일어 비틀거리며 의자에 앉았다. 책상 위에 기태가 내밀고 간 사진이 놓여 있었다. 일남이 액자를 집어들었다. 사진을 들여다보는 김일남 원장의 눈가가 파르르 떨렸다.

해설

시간의 중첩, 팔림프세스트의 글쓰기

— 나는 아무거나 한 권을 꺼내 잠이 올 때까지 읽었다.
책에 그어진 밑줄과 행간의 메모는 남의 것처럼 낯설었지만
가끔 줄을 긋거나 생각을 적어넣던 기억이 살아났다.
그리고 그 기억들을 따라 까맣게 잊었던 시간들이
넝쿨처럼 줄줄이 타고 올라왔다.
—「발우생활정보신문 창업기」

김나정/ 소설가

생을 헐어 집을 짓고, 그 집을 부숴 새 삶을 짓는다.

한 사람의 삶을 반으로 쪼개 전반전과 후반전으로 나눈다면, 중간 지점에 하프타임이 자리잡는다. 전반전에서 몰아붙이고 맹렬한 공격을 감행했다면 하프타임에서는 숨을 고르며 지금까지의 진행 상황을 살피고 앞으로 게임 방향을 궁리한다. 남은 시간에 충실해지려면 멈춰서 숨을 고르고 되짚는 시간이 필요하다.

심병길의 소설은 과거를 반추하고 해석하는 일련의 과정을 담아낸다. 하지만 아련한 기억을 소환하여 눈물로 그리워하는 단순한 회상과는 거리를 둔다. 과거사를 자기변명을 위한 알리바이로 삼지도 않는다. 작가는 기억의 세목을 소환하고 분석하고 과거에 의미

를 부여하고자 한다. 과거의 해석과 의미 부여는 자신의 현재를 명확히 인식하고, 앞으로 살아갈 시간을 가늠케 한다. 되돌아봄으로써 과거와 현재, 미래는 잇대진다.

과거를 돌아보는 일, 회상은 어떤 '계기'에서 촉발된다. 소설 속의 인물들은 과거에 머물던 공간을 방문하거나 과거를 나눈 사람을 만나는 등의 외부적 계기에 촉발되거나 살아온 나날에 대한 회한이나 변화를 꿈꾸는 등의 내적 계기를 시작점으로 삼아 과거로 들어간다.

문득, 뒤돌아보면 거기

공간은 기억을 불러온다. 「발우생활정보신문 창업기」에서 '나'는 취재를 부탁하는 선배의 전화를 받고 고향으로 간다. 거기서 지나간 시간과 다시 만난다. 살갑게 지냈던 동창 종수를 만나고 부모님이 운영하던 만물상회에 간다.

공간에는 시간이 서려 있다. 고향에 돌아오니 자연스럽게 과거를 되짚게 된다. 발우 역은 드라마에 등장하면서 관광명소가 되어 '행복역'으로 역명을 바꿨지만, 여전히 남아 있는 것들이 있다. 예전에는 미처 보지 못한 것들이 이제야 보이기 시작한다. 작가는 섬세한 묘사력과 단단한 문장으로 과거의 풍경들을 활자로 소환한다.

내 키만 하던 나무가 어느새 자라 지붕 위로 길게 그늘을 드리우고 있었다. 아빠는 가을이면 장대로 가지를 털어 열매를 떨어뜨렸다. 나

는 땅으로 떨어진 대추를 주워 바구니에 담았다. 내가 열매를 줍고 있으면 아빠가 장난삼아 장대로 가지들을 툭툭 건드렸다. 머리 위로 열매와 함께 잔가지와 이파리들이 떨어졌다. 나는 머리와 어깨를 건드리는 대추의 울림이 재미있어서 자꾸만 더 떨어뜨려 달라고 졸랐다. 아빠가 웃으며 장대를 세게 휘둘렀고 나는 갑자기 쏟아지는 나뭇잎과 열매에 놀라 나무 밑에서 달아났다. 그때 나뭇가지 사이로 반짝이던 가을 햇살과 시원한 공기와 장대를 휘두르던 아빠의 커다란 웃음소리를, 나는 집을 떠난 후에도 지갑 속에 간직한 사진처럼 가끔 꺼내 보곤 했다. 나무는 밑동 위로 이끼가 오르고 주변으로 잡초가 무성했다. 몇 해 동안 스스로 떨궈 낸 열매들이 나무의 그늘 안에 흩어져 있었다.

—「발우생활정보신문 창업기」 중에서

지금껏 한 자리를 지키던 나무는 과거의 시간 속으로 '나'를 끌어당긴다. 나무는 아빠의 모습과 웃음소리를 되살려낸다. '나'가 흘려보냈던 시간은 새삼스러워지고 예전의 빛이 되살아난다. 등대처럼 다시 빛나는 기억은 현재를 밝히고 나아갈 길을 비춰준다. 이 소설은 '기다림'이 얼마나 값진 것인지를 이야기한다. **"기다려주는 사람이 한 사람이라도 있으면 된 거야. 그럼 어떻게든 살아갈 수 있어."** 시간이 지나도 변하지 않는 것들, 뒤돌아보면 거기 여전한 것들이 우리를 살게 한다. 화자는 다시 만난 사람들과 기억으로 삶을 추스르고, 새로운 생활을 꾸려나갈 바탕을 마련한다. 시간은 많은 것들을 닳고 낡게 하며 휩쓸어가지만, 뒤돌아보면 여전히 거기 서 있는 것들이 있다. 나무처럼. 누군가의 마음처럼. 필요한 것은 뒤돌아 그것을 가만히 봐주는 일이다.

「함께 캉캉 춤을」의 수연은 예전엔 몰랐던 사람의 가치를 재발견한다. 최루탄 때문에 눈물을 쏟던 자신을 구해준 고승태 선배를 만나고 "그때 일생 처음 편안함이란 걸 느꼈다"는 걸 알게 된다. 조용하고 다정한 선배는 있는지 없는지 모를, 희미한 존재였다. 젊음의 격렬한 열기에 비하면 '온기'는 미미할 따름이었다. 더 큰 것과 더 격렬한 것을 좇던 태풍 같은 시절이 지나가자, 여전한 사람의 모습이 선명해진다. 시간이 준 선물이다. 세월은, 이미 있었건만 몰라봤던 것을 새삼스럽게 만든다.

수인의 연극 〈아무도 고도를 기다리지 않는다〉는 사무엘 베케트의 〈고도를 기다리며〉와 달리 연극의 첫 장면부터 고도가 등장했다. 베케트의 연극에서 고도를 애타게 기다리던 사람들(결국 아무도 고도를 만나지 못하게 되는)**에게 고도는 자신이 그들이 애타게 기다리는 바로 그 사람임을 알린다. 그러나 아무도 고도의 말을 믿으려하지 않는다. 대본을 쓰면서 수인은 부조리의 반대 또한 부조리란 생각을 했다. 수인은 고도가 자신의 과거 모습과 대면하는 장면을 넣었다.**

—「함께 캉캉 춤을」 중에서

사무엘 베케트의 희곡 「고도를 기다리며」에는 정체 모를 '고도'를 하염없이 기다리는 사람들이 등장한다. 극이 끝날 때까지 고도는 나타나지 않는다. 고도가 어떤 존재인지는 아무도 명확히 모른다. 반면 「함께 캉캉 춤을」에 등장하는 각색 본에는 고도가 이미 등장했는데 아무도 알아채지 못한다는 남다른 해석이 등장한다. 고도가 아무리 자신이 고도임을 알리지만 기다리는 사람들은 그의 말을 믿지 않는다. 이미 와 있지만 알아채질 못한다. 기다리는 존재가 이미 와 있다는 걸 알지 못하는 '기다림'은 허망하다. 기다림의 시간은 무용하게 반복될 따름이다. 과거의 삶은 습관이 되어 현재 삶에 고착되기 십상이다. 현재의 삶은 과거의 오류를 답습하는 데 머문다. 보던 것만 보고 살던 대로만 살게 된다.

이 서글픈 순환에서 벗어나려면 '거리'를 두고 지나온 시간을 바라보아야 한다. **"도시에서 강이 이렇게 가까이 있는 줄 수연은 그동안 알지 못했다. 무엇이든 떨어져 있어야 제대로 보이는 걸까, 수연은 생각했다."** 도돌이표를 끝내려면 쉼표를 찍어야 한다. 등 떠밀리듯 바삐 현재를 살아가는 걸 멈추고, 살아온 자리를 뒤돌아본다. 과거를 복기하다보면 내 삶의 전체상이 보인다. 시간이 지나도 남아 있는 소중한 것이 모습을 드러낸다. 과거가 그 의미를 발할 수 있게 시간을 내주어야 한다. 가만히 바라봐줄 수 있어야 한다.

「그들만의 세상」의 화자 '준'은 거리를 두고 주변 아이들을 바라본다. 고기능 자폐를 지닌 준을 비롯해, 다운증후군 은지, 달팽이 영훈, 늘 부산한 솔이는 남들이 보기엔 이상한 아이들이다. 하지만 선생님은 '특수하다'는 것은 '다르다'를 뜻한다고 했다. "'다르다는 것은 '틀리다'는 것이 아니고, '나쁘다'는 것은 더더욱 아니다." 화자 준은 병명으로 간단하게 분류되는 아이들을 가만히 바라본다.

은지의 얼굴이 준이 분류한 일반적인 패턴과 들어맞지 않았듯이. 은지뿐만이 아니라 유치원에서 만난 아이들도 준의 분류 패턴과 들어맞지 않은 때가 많았다. 솔이도 영훈이도 그랬다. 그러고 보니 준의 엄마와 아빠, 유치원 선생님도 들어맞지 않을 때가 많았다. 준은 그런 사람들의 패턴은 따로 분류하였다. 준은 그 패턴의 이름을 '다른 세상'이라 지었다. 준의 마음속에는 그들만의 세상이 따로 구별되어 저장되었다.

시간을 두고, 가만히 바라봐야만 보이는 것들이 있다. 그 시선 속에서 이상한 아이들은 각별해진다. 아이들 각자의 남다름은 빛을 발한다.

시간 속의 '사람', 관계 맺기

심병길의 소설에서 지난 시간을 들여다보는 행위는, 그 시간 속에 있던 '사람'을 발견하는 것과 연결된다. 「평유」에서 화자는 고시원에 틀어박혀 기타를 훔치듯 들고 떠난 영미를 떠올린다. 영미와의 시간 속에는 화자의 청춘과 꿈이 묻어 있다. 세상과 사람에게 등 돌린 화자는 실패한 관계를 복기한다. 망가진 삶을 거슬러 올라간다. 시작은 애틋했다. 상대에게서 남들은 보지 못하는 것을 발견하는 데서 관계는 출발한다.

언젠가 술을 마시다 기수 형이 안주로 나온 삶은 골뱅이를 껍질에서 꺼내며 말했다. 김박사 가게에서 나를 처음 보았을 때 삶은 골뱅이가 생각났다고. 척추를 동그랗게 말고, 기타 울림통이 마치 껍질인 양 한사코 그 안으로 들어가려 애쓰는 모습이 꼭 그랬다고. 흑인 블루스에나 있는 슬픔이 내 기타 소리에 있었는데 그게 착 가라앉지 않은 명랑한 슬픔이어서 좋았다고. 영미에게서도 비슷한 얘길 들은 적이 있다. 언제부터 자기가 나를 좋아하게 됐는지 아느냐고 영미가 물었다. "자기가 밴드 대기실에 앉아 커피 잔을 뉘적뉘적 젓는 모습이 그렇게 쓸쓸해보일 수가 없었어."

자신을 알아봐준, 쓸쓸함으로 공명했던 친구와 연인, 그리고 음악과 한 시절을 보냈다. 그러나 사랑하는 것들은 모두 곁을 떠났다. 화자는 기타를 들고 사라진 영미를 찾아 전국을 헤맨다. 기타를 돌려받겠다는 마음은, 열기로 가득했던 지난 시절로 돌아가고 싶다는 마음에 다름아니다. 결국 화자는 M시의 횟집 통유리 안쪽에서 부지런히 식당 일을 하는 영미를 본다. 활짝 웃는 영미를 보고 화자는 돌아선다. 음악과 함께 했던 어떤 시절과 작별한다. 바다도, 세상도 온통 캄캄하다. '나'를 세상에 붙들어매주었던 것들이 다 끊겨 나갔다. 앞으로의 삶을 어떻게 이어갈 것인가.

'잠시만 평유를 맡아줘요. 오빠가 곧 찾으러 올 거예요. 우리 사이 아직 평유 맞죠?' 「평유」는 화자가 고시원에서 만난 새로운 사람인 중국인 여자와 예전의 연인 영미의 이야기가 번갈아 서술된다. 이 두 줄기 서사를 따라가며 화자는 열기로 가득했던 지난 날을 마무리하고 새로운 관계를 맺어간다. 이 소설집의 제목이기도 한 '평유朋友'는 친구親舊를 의미한다. 옆방에 사는 여자 밍明도 화자처럼 벼랑 끝에 내몰린 존재였다. 그런 홀로인 존재들이 나누는 잠시의 온기. 쓸쓸함은 공명共鳴한다. 화자는 여자가 세상을 떠난 뒤, 그녀가 남기고 간 개 평유를 안아들인다. 과거의 영미와 화자, 밍은 '쓸쓸함'을 공통분모로 삼는 고독의 공동체였다.

개들은 평유에게 짖어대고 사람들은 나를 쳐다보며 수군거렸다. 내겐 익숙한 시선이었다. 그러자 어떤 기억들이 떠올랐다. 기타만 하나 달랑 남기고 사라져버린 아버지. 엄마마저 곁을 떠나 할머니 손에서 자란 아이. 학교에서 돌아와 빈집에서 혼자 기타를 치던 아이. 기타 하나만 달랑 들고 집을 나선 아이….

둘은 닮은꼴이었다. 이제 혼자 남은 화자는 밍이 남기고 간 개 '평유'와 연결된다. 평유, 친구가 된다. '홀로'는 홀로인 존재들을 연결시키는 고리가 되어준다. 삶은 그렇게 이어지고, 사람 사이의 관계도 잇대진다.

심병길의 소설은 시간과 인간이 관계를 맺는 양상에 집중한다.

수술 장면에 대한 핍진한 묘사와 의사의 윤리에 대해 고민하는 「검객」에서 흉부외과 김일남 원장과 탄광촌에서 태어나 자란 성태의 이야기는 교차한다. 의사와 탄광촌에서 태어나 불우하게 산 성태는 영판 다른 삶을 산 것만 같다. 하지만 소설의 끄트머리에서 김일남과 성태는 의사와 환자로 만난 일이 있다는 것이 밝혀진다. 두 사람의 삶은 한 줄기로 연결된다. 김일남은 성태의 억울한 죽음에 대한 회의를 계기로 삶의 궤도를 바꿨더랬다.

두 줄기 평행선으로 흐르던 이야기가 합쳐지는 결말 부분에서는 시간 속에서 스쳐보냈던 '만남'의 의미를 뒤늦게 알아채게 된다. 우리는 알게 모르게 서로에게 영향을 미치고 영향을 받는 것이 아닌가. **"삶은 얼마나 엄중한가! 기태는 아버지 바 반장이 때가 되자 형 성태에게 바통 터치를 한 거라 생각했다. 삶은 얼마나 엄중한 바통인가!"** 삶은 그렇게 시간 속에서 사람과 사람으로 연결된다.

「단독자」의 화자는 비행기 사고로 가족을 잃고 홀로 남았다. 관계라는 것이 사라지고 혼자가 된 그는 회사적 인간에서 벗어나 단독자로 살기로 마음먹는다. 생명 자체를 거추장스럽게 여기며, "식물처럼 진화의 꼭짓점에 서서 단독자로서 살아가다 의젓하게" 죽길 바란다. 하지만 예상과는 다른 일이 발생한다. 그는 창 너머로 보이는 나비 문신을 한 여자를 발견하게 된다. 모든 관계를 잃고 더는 어떤 관계도 맺지 않기로 마음먹었건만,

나는 얼마 전부터 어떤 한 사람의 인생이라도 나의 죽음과 조금이라도 연결되어 있길 바라게 되었다. 나와 인연의 끈으로 연결된 소중한 사람들, 삶과 죽음으로 연결된 사람들이 사고로 모두 사라져버렸으므로 나는 그 기회를 태평양 바닷속으로 한꺼번에 날려버린 셈이었다. 바다 속을 잠시라도 유영했던 비행기의 깨어진 동체가 남긴 궤적이 마지막 삶의 흔적이라면 나는 그것을 어떻게든 다시 잡아보고 싶은 생각이 들었다. 그리고 마지막으로 연결된 그 끈을 순전히 나의 의지로 끊어내버리고 싶어졌다. 나비 문신 여자에게 바라는 건 그것 하나였다.

비행기 사고로 가족을 잃은 건, 수동적으로 당한 사건이다. 자신의 의지로 관계의 단절을 도모하자면, 일단 누군가와 관계를 맺어야 한다. 관계를 끊으려면, 우선 누군가와 관계를 맺어야 하는 아이러니가 발생한다. 누군가에게 시선을 주고 관찰하는 것만으로도 관계가 출발한다는 것이다.

여기가 마지막 벼랑 끝이라 느꼈을 때 문득 (이것도 우울증 증상 중의 하나일지도 모르겠지만) 지금 일종의 인간이란 개체의 본질을 탐구하는 실험적 상황에 놓인 듯한 기분이 들었다. 그렇게 내가 나를 무심히 타인처럼 바라보자 매일 매일 엄습하는 죽음에 대한 유혹과 극단적인 무기력 상태에서 조금씩 벗어나게 되었다.

과거와 현재의 시간을 잇대면, 과거에 속했던 사람과 새롭게 관계를 맺을 수 있다. 이런 새로운 관계 맺기의 양상은 자아와 현실의 긴장을 해소하는 바탕이 되기도 한다. 꿈 밖으로 흘러나온 꿈은 현실과 뒤섞여 연금술적인 변모를 이룬다.

「소설가 P의 하루」에서 공무원 P는 어느 날부터 꿈을 꾸고 변하기 시작한다.

꿈을 기록하는 횟수가 늘어나면서 P는 가끔 자신이 기억하는 인물과 사건이 꿈과 뒤섞이는 경험을 했다. 부친의 경우 P의 기억 속의 초라한 모습은 거의 사라져버렸다. 부친을 생각하면 노쇠한 모습보다는 늠름하고 당당한 청년이 떠올랐다. 기억에 새겨졌던 과거의 시간들이 꿈으로 뒤덮여 윤색되면서 그러한 내부적인 변화들이 외부적으로도 서서히 영향을 끼치기 시작했다.

꿈속의 아버지를 기록하면서 현실의 'P'는 예전과 다른 면모를 보인다. 억눌러놓았던 욕망의 목소리를 듣게 된다. 꿈속의 아버지는 그동안 P가 눌러놓았던 무의식을 의미하며, 그것을 기록한다는 것은 자신의 욕망을 직시하는 과정과 맞물린다. 꿈은 현실과 섞여 한 존재에게 연금술적 변모를 감행하게 한다. P는 하루 동안 이전의 자신과 다른 사람으로 변모한다. 지각을 감수하고 음악을 마지막까지 듣고, 술집에서 여자를 희롱하던 무뢰배를 응징하며 담뱃불을 빌려달라는 청소년과 다투다가 폭행을 당한다.

하루의 끝자락에서 P는 자신이 왜 이런 지경까지 오게 되었는지 오리무중인 상태에 놓인다. 그런데 P는 경찰서에서 엉뚱하게도 자신의 직업이 '소설가'라고 진술한다. 꿈과 현실의 경계에서 무의식과 의식을 엮어 '허구'를 만드는 일, 일상의 요구에서 벗어나 자기 속의 목소리를 듣는 자가 되고 싶다는 소망을 피력한 것은 아닐까. 일상의 요구에 허덕이던 P는 꿈을 받아씀으로써 비로소 자기 자신의 욕망에 충실해진다.

P가 꿈속에서 본 아버지를 기록한 꿈속의 부친이란 기실, 아버지의 외양을 한 자신이 아니었을까. **P는 언젠가 부친에게 꼭 물어보고 싶었던 질문이 생각났다. "왜 그리 쉽게 손을 놓은 겁니까?" 그러자 부친이 호탕하게 웃으며 말했다. "그걸 네가 알지 내가 어떻게 알겠느냐?"**

정말로 무엇을 하고 싶은가. 무엇을 할 수 있다고 생각하는가. 지금까지 남 몰래 이유를 붙여 계속 미루고 미뤄왔던 진짜 욕구는 무엇인가. 남들이 아니라, 세상이 아니라 내 속에서 나는 어떤 목소리를 내는가. 너는 정말로 무엇을 잡고 싶으냐? 꿈속의 아버지는 묻는다. 꿈은 그의 진정한 모습을 드러내게 하고, 자발적으로 하고 싶은 일을 실천하게 하는 시작점이 된다.

타인의 요구사항인 민원을 해결하는 데 급급했던 P는 꿈을 통해 자신의 목소리에 귀를 기울이게 된다. 꿈과 현실이 잇대진다, 낮의 자아와 밤의 무의식이 만난다. 소설의 말미에서 화자는 아내의 뒷모습을 보며 중년 여자의 삶을 담아내는 소설을 구상한다. 타인의 요구가 아니라 자신의 욕망에 따라 살아가는 첫 페이지를 쓰기 시작한다.

과거와 현재의 중첩, 팔림프세스트의 글쓰기

심병길의 소설은 주로 현재와 회상이 번갈아 등장하는 형식으로 쓰였다. 걸어온 길을 되짚고, 있는 자리를 살피며 나아갈 방향을 살핀다. 소설이란 장르가 일어난 일에 대한 기록인 '사후진술'의 속성을 지니긴 했지만, 심병길의 소설은 현재와 과거가 갈마들고 중첩되는 팔림프세스트palimpsest 글쓰기 방식이 두드러지게 나타난다.

팔림프세스트는 글자를 지우고 그 위에 글을 쓴 양피지를 이른다. 파피루스보다 보관이 쉽고 손상이 덜 되지만, 양피지는 값이 비싸서 재활용이 불가피했다. 이미 쓰인 글자를 긁어내고 그 위에 새로운 글자들을 쓰곤 했다. 썼던 글자들은 완벽하게 지워지지 않고 흔적을 남겼고, 새로 쓴 글자들과 겹쳤다. 과거의 기록과 새로운 기록이 중첩되며 남다른 무늬를 만들어낸다. 남아 있는 과거의 자취와 현재의 양상은 중첩되며 새로운 의미를 낳는다.

심병길의 소설은 과거를 새롭게 바라보고, 과거의 조각들을 퍼즐을 맞추듯 재배열하여 새로운 의미를 끌어낸다. 이미 있었지만, 지금까지 보지 못했던 걸 발견하고 과거와 현재를 중첩시켜 새로운 의미를 만들어낸다. 회색빛 과거는 생생한 빛을 띤 풍경으로 완성된다. 낱낱이 떨어져 있던 시간은 연결되고, 홀로인 사람들은 이어진다. 삶은 비로소 완전해진다.

준은 큐브를 거꾸로 맞췄다. 말하자면 처음 열두 면 큐브 조각들이 각자 동일한 색으로 정확히 맞추어져 있던 것이 어떻게 이 지경으로 엉망이 되어버렸는지를 거슬러 상상해보는 것이었다. 그러면 처음에 질서정연하게 12면 입방체를 구성하던 블록들이 흩어진 과정이 눈앞에 선명히 떠올랐다. 그 다음 그것들이 이동한 동선이 머릿속에 전류처럼 찌릿찌릿 흔적을 남겼다. 준은 그 흔적을 거슬러 올라갔다. 제대로 된 길을 찾으면 지나온 길만큼의 흔적이 지워졌다. 그렇지 않으면 또 다른 자극들이 머릿속에 찌릿찌릿 전해져왔다. 준은 그 길을 다시 더듬어 올라갔다. 그러다보면 마침내 최초의 질서를 회복한 12면체 큐브가 준의 손 안에서 완벽한 아름다움으로 빛나는 것이었다.

—「그들만의 세상」 중에서

심병길 소설집
평유

지은이_ 심병길
펴낸이_ 조현석
펴낸곳_ 북인
디자인_ 푸른영토

1판 1쇄_ 2022년 12월 30일
출판등록번호_ 313 - 2004 - 000111
주소_ 121 - 842 서울 마포구 서교동 460 - 34, 501호
전화_ 02 - 323 - 7767
팩스_ 02 - 323 - 7845

ISBN 979-11-6512-088-7 03810

이 책은 강원특별자치도, 강원문화재단 후원으로 발간되었습니다.